KB215427

관세음보살의 기도

정찬주 편역

솔과학

관세음보살의 기도

인쇄한날 / 2006년 7월 15일
펴낸날 / 2006년 7월 20일
옮긴이 / 정찬주
펴낸이 / 김재광
펴낸 곳 / 솔과학

주소 / 서울시 마포구 염리동 164-4 삼부골든타워 302호
전화 /82-2(02)714-8655 팩스 / 82-2(02)711-4656

등록일 / 1997년 2월 22일
ISBN 89-87794-48- 03810
값 9,800원

누군가가 내 손과 눈을 달라고 한다면

한문소설 형식으로 씌어진 이 '관세음보살 이야기'를 입수한 것은 십수 년 전의 일이다. 중국에서 사업을 하는 지인에게 관세음보살에 관한 서적을 부탁하여 둔 적이 있었는데, 어느 날 사무실로 전화가 왔던 것이었다.

중국 북경대학 도서관에 가서 살펴보던 중 고서를 한 권 발견하였는데, 그게 바로 '관세음보살 이야기'라는 내용의 전화였다. 나를 흥분시키고 관심을 고조시켰던 것은 희귀한 고서이므로 도서관 밖으로 대출이 안 된다는 점이었다. 두말할 것도 없이 대출을 금지하면서까지 보호하고 있다는 사실은 그만큼 서지학적인 가치가 있다는 반증이었다.

지인이 전화상으로 알려준 대강의 줄거리는 중국의 흥림국 묘장왕의 셋째 딸이 왕의 반대에도 불구하고 불법을 믿고 수행하다가 마침내 왕궁을 떠나 출가하여 향산에서 관세음보살로 성불한다는 이야기였다.

관세음보살에 대한 그러한 구체적이고 인간적인 줄거리는 나를 매료시켰다. 더구나 관세음보살은 이 세상의 모든 어머니를 떠올리게 하는 자비로운 부처가 아닌가. 법당으로 가서 참배하기 전에 그 미소만 보아도 마음이 편안해지는 한없이 너그러운 보살인 것이다.

나는 지인에게 신신 당부를 하였다. 무슨 수를 써서라도 꼭 그 '관세음보살 이야기'를 입수해달라고. 그러나 그것은 불가능하였다. 희귀한 고서이므로 관리가 너무 철저하고 규칙이 까다로워서 중국의 다른 기관과는 달리 청탁(?)이 가능하지 않다는 전갈이 왔다.

할 수 없이 나는 그 방법은 접어두고 국내의 대학 도서관을 뒤지기로 하였다. 서울 대학로에 있는 중국서책 전문 서점에 여러 차례 찾아가서 목록을 살펴보기도 하였다. 전혀 성과가 없는 것은 아니었다. 그 문제의 원전을 찾은 것은 아니지만, 중국 종교사에서 도교와 불교가 서로 넘나들고 있다는 사실을 알 수 있었다. 특히 도교의 한 분파인 원돈교(圓頓敎) 같은 데서는 관세음보살이 신앙의 주요 대상이 되고 있었다.

그러던 중, 나는 북경에서 나온 그 지인에게 커다란 선물을 받았다. 다름아닌 그 '관세음보살 이야기'였다. 그는 복사 대신에 그 고서를 도서관 내에서 몰래 한쪽 한쪽 카메라 필름에 담아 가지고 온 것이었다. 현상하고 인화해 보니 영락없이 관세음보살이 성불하는 과정의 흥미진진한 이야기였다.

그러나 나는 솔직히 지금도 마찬가지지만 그때도 한문에 조예가 깊은 사람은 아니었다. 산문의 뜻은 그런대로 해석할 수 있지만 내용을 압축한 운문 형식의 게송에는 밝지 못했던 것이다. 그래서 시간 날 때마다 조금씩 스케치하듯 밑그림을 그려왔는데, 그 시간이 무려 십여 년이 넘게 지나버렸다.

지금도 다시 보니 거친 부분이 많고, 도저히 이해되지 않는 구절도 있어 찜찜한 구석을 떨쳐버릴 수 없다. 그렇다고 그것 때문에 마냥 하던 숙제를 미뤄놓고 있는 사람이 되고 싶지도 않았다. 감동이 넘치는 관세음보살 이야기를 나 혼자 감상하기에는 너무 아깝고 안타까워 용기를 내어 책을 펴내기로 한 것이다.

특히 한 왕국의 공주로 태어나 부귀영화를 누릴 수 있음에도 불구하고, 불법을 선택하여 부왕에게 갖은 고통과 박해를 받다가 마침내는 부왕을 위해 자비로써 자신의 손과 눈을 떼어주는, 순교의 여로 같은 줄거리가 눈물겹고 생생하다. 산고가 처절하기에 어머니의 자식 사랑이 깊어지는 이치처럼 목숨을 앗아가는 고통과 시련을 생명삼아 공주는 자비의 관세음보살로 중생 앞에 나투고 있다.

자비란 한낱 서원만으로 이루어지는 것이 아니라 처절한 고행과 불구덩이 같은 고통과 시련 속에서 자라고 깊어진다는 도리가 이 책의 이야기 속에 담겨 있다고 나는 생각한다.

승과 속을 막론하고 불(佛)을 이루는 것이 불제자의 꿈이리라. 진정 성불하기를 바란다면 누군가가 자신의 두 눈과 두 손을 달라고 한다면 기꺼이 내어줄 수 있는 자비가 있어야 하지 않을까. 그렇다고 두 눈과 두 손이 아주 사라지는 것이 아니다. 중생의 소원을 들어주기 위하여 육신을 기꺼이 버리는 사람에게는 천 개의 눈과 천 개의 손이 나타나 천수천안신(千手千眼身)을 이루게 한다. 이러한 보살을 이름하여 우리는 거룩하고 성스러운 '천수천안 관세음보살'이라고 부르고 있지 않은가.

이 편역의 원전은 중국의 건륭판(乾隆版) 『향산보권(香山寶卷)』이다. 이 책은 원래 『관음전』 혹은 『관세음보살본행경』이라고 불렸는데, 명나라 때 『향산보권』으로 불려졌을 것으로 추정된다. 저자에 관해서는 아직 정설이 없다.

남송(南宋)의 주변(朱弁 : 1031~1104)이 지은 저서 『곡유구문(曲洧舊聞)』을 보면 이런 구절이 나온다.

"장지기(蔣之奇)가 여주 태수로 있을 때 향산의 승려 회서(懷書)가 당나라 의상(義常)이 썼다는 관음에 대한 이야기 책을 가지고 와서 윤색하여 훌륭한 『관음전(觀音傳)』을 만들어달라고 부탁하자, 그에 응하였다. 옛날 어느 한 나라에 장왕(莊王)이라는 임금이 있었다. 그에게는 딸이 셋 있었는데, 막내딸 묘선(妙善)이 손과 눈을 가지고 부왕의 병을 치료하였다. 묘선은 관음의 화신으로 부모에게 천수천안신(千手千眼身)을 시현하였다. 지금의 향산이 관음이 성도한 곳이다."

이『관음전』과『관세음본행경』, 즉『향산보권』의 내용이 일치하기 때문에 장지기를 저자로 볼 수도 있을 것이다. 참고로 '전'이나 '본행경'은 같은 의미이다. 전이나 본행경이란 관세음보살의 성도(成道)를 다루고 있는 과정의 이야기이기 때문이다.

한편, 건륭판『향산보권』의 머리말에는 숭녕(崇寧) 2년(1103)에 상천축사(上天竺寺)의 보명선사(普明禪師)가 보권을 만들었다는 전설이 기재되어 있다.

그러므로 장지기가 윤색하였다는 설과 보명이 지었다는 설은 그 연대가 일치하기는 해도 양자의 구체적인 관계는 알 길이 없다. 그저『관세음보살본행경』에 나타난 시기의 상한을 이 시기까지 끌어올릴 수 있는 가능성을 보여주고 있을 뿐이다.

나는『향산보권』을 번역하면서 고지식한 직역보다는 소설가라는 나의 직업을 십분 발휘하여 일반 불자를 염두에 두고 의역을 하였으며, 또 한가지 꼭 밝히고 싶은 것은 완역이 아니라는 점이다. 보권이 수많은 다중의 공감을 염두에 두고 씌어진 까닭에 반복 학습처럼 중복된 부분이 많고, 어느 대목에서는 장광설이 이어지고 있기 때문이다. 특히 긴 산문의 내용을 다시 압축하는 게송은 오페라의 노래처럼 나름대로 앞뒤 이야기를 연결하는 의미와 역할도 있지만, 굳이 빼어도 좋을 부분은 역자 기준으로 제외하거나 게송의 연이나 행수를 줄이기도 하였다.

또한 독자에게 신앙적은 감흥을 돋우기 위해 원전에는 없지만 우리들에게 친근한『관세음보살보문품』이나 『관음예문』혹은『부모은중경』등 불경의 한두 구절을 삽입하였음을 밝힌다. 그래서 내 이름 뒤에 붙일 '번역'과 '편역'이라는 단어를 놓고 망설이었는데, 결국 원전에다 나의 주관과 다른 경문을 첨가하였으므로 편역이라고 한 것이다.

끝으로 이 책의 가치를 공감하고, 또 불자들이 관세음보살의 진정한 자비가 무엇인지를 알게 하자고 선뜻 출판을 맡아준 솔과학 김재광 대표, 원을 세우는 마음으로 공들여 책을 만들어준 출판사 여러분에게 감사를 드린다.

이 책을 통하여 관세음보살의 큰마음을 겨자씨만큼이라도 깨닫게 된다면 우리들의 작은 신심 또한 더욱더 깊어지고 흔들리지 않을 것이라고 믿는다.

그렇다. 관세음보살은 왜 우리 중생들의 소원을 들어주고 성취시켜주는가. 그러한 자비심은 어디서부터 샘솟아 흘러 넘치는지, 그 도리를 알고 나면 우리들 미혹한 마음과 삶에도 분명 깨달음의 빛이 환하게 비칠 것으로 확신한다.

남도산중 이불재에서
무염 정찬주

차례 | 관세음보살의 기도 |

누군가가 내 손과 눈을 달라고 한다면　3

하늘선녀, 공주로 태어나다　11

한량없이 자비로운 공주, 오직 득도의 길만을 원하다　27

결혼 거부하고 후원에 갇히다　47

공양간에 들어 밥짓고 빨래하니 뭇사람이 놀라다　63

분노한 국왕, 절간에 불지르니 간절한 기도로 불길을 끄다　71

왕비가 눈물로써 결혼할 것을 호소하다　83

끝내 사형을 언도받다　93

황천길을 걷는 공주, 지극한 기도로 원혼을 천도하다　101

다시 인간세계로 내려와 9년을 수행하다　108

삼보를 능멸한 죄로 몹쓸 병에 걸린 국왕　115

공주가 노승으로 변하여 부왕을 진찰하다　121

부왕을 치료하기 위해 손과 눈을 보시하다　131

공주는 천수천안의 보살로 거듭나고
국왕은 불법에 두 무릎을 꿇다　141

관세음보살 이 땅에 나투시다　153

봄빛 기이하기도 한데
천화루 경치 좋네
한 점 티끌 없이 맑아라
......
옥 난간에 기대어 정궁 바라보니
고고지성 울리며 공주가 태어나도다

하늘선녀, 공주로 태어나다

가섭불 시대에 흥림(興林)이라는 나라가 있었다. 나라의 연호는 묘장(妙莊)이었고, 국왕의 성은 파(婆)요 이름은 가(伽), 뜨거운 피가 펄펄 끓는 스무 살 때부터 왕위를 이어왔다. 백성들은 이 세상 모든 사람들 중에서 가장 높고 귀하다는 인존(人尊)으로 믿었으며 전지전능한 왕으로 받들었다.

흥림국은 십만 팔천 리나 되는 드넓은 국토를 가지고 있었다. 돌로 견고하게 쌓은 성은 둘레가 삼천 리나 되었고, 철로 만들어진 거대한 성문도 열두 개나 되었다. 아침이 되면 심장처럼 붉은 해가 성 한가운데서 치솟아 올랐는데, 크고 작은 금붙이로 치장한 왕궁은 흥림국의 영화를 드러내듯 찬란하게 금빛을 뿌리었다.

대신들은 국왕의 명을 한치 오차 없이 순종하고 펼치었으며, 주변의 여러 나라들에게는 막강한 힘을 앞세워 조공을 바치게 하였다. 이웃 나라의 백성들도 흥림 국왕을 하늘처럼 받드니 이 세상의 땅 끝 바다 끝의 만만백성이 고개를 숙이어 복종하였다.

　흥림 국왕은 맹수 사냥을 즐기었다. 사냥을 나갈 때면 반드시 왕비와 더불어 궁녀들을 거느리고 초원으로 나갔는데, 수레와 준마들이 어우러진 그 환락스러운 모습이란 실로 세상에 보기 드물었다.

　그런데 이런 국왕에게도 한 가지 시름이 있었다. 그 시름은 슬하에 아들이 없다는 것이었다.

　태자를 점지해달라고 대소 신하들과 함께 정성을 다하여 하늘에 제사를 지냈지만 소용없는 일이었다.

　왕비의 명호는 보덕(寶德), 나이는 국왕과 동갑이었고, 용모는 보름달같이 환하게 빛이 났고, 두 귀는 어깨에 닿아 있고, 두 눈은 호수처럼 맑았다. 또한 몸매는 단아했고, 누구에게나 넘치거나 모자라지 않게 자비를 베풀었고, 모든 일을 처리함에 있어서 아량이 넓었다.

　마침내 왕비는 묘장 8년에 딸을 낳았다. 아들은 아니었지만 국왕은 기쁨에 차 왕비에게 말하였다.

　"연호의 첫 자를 따고 태어난 사연을 살피어 이름을 지으리라. 짐이 책을 보는 중에 자식을 보았으니 책 서(書)자를 붙여 묘서(妙書)라 하리라."

　이후 5년 후인 묘장 13년에 또 딸을 보았을 때도 국왕은 다음과 같이 말하였다.

"짐이 동천궁(洞天宮)에서 거문고 소리를 듣는 중에 딸을 보았으니 묘음(妙音)이라 부르리라."

두 번째도 딸을 낳은 왕비는 아들을 점지해달라고 날마다 하늘에 빌었다. 그러던 어느 날, 그러니까 묘음을 낳은 지 4년 만의 일이었다. 왕비는 상서로운 꿈 하나를 선명하게 꾸었다.

태화궁(太和宮)에서 잠을 자다 꾼 꿈이었는데, 키가 큰 하늘여자가〔天女〕가 그녀를 향해서 내려왔다. 하늘여자는 머리에 구슬관을 쓰고 몸에는 오색 영롱한 구슬과 보석의 장식을 하고 있었다. 하늘여자가 왕비의 침상까지 다가와 허리를 굽히고 말하였다.

"혹황상제께옵서 삼십삼 천상의 선법당(善法堂)으로 오셔서 부처님을 뵈옵고 설법을 들으시라 하더이다."

하늘여자들의 말에 왕비는 옷매무새를 가다듬고 태화궁으로 나섰다. 하늘에서 그녀를 맞으러 보낸 가마는 벌써 왕궁 정원에 대기하고 있었다. 앞과 좌우에 주렴을 치렁치렁하게 늘어뜨린 화려한 가마였다.

왕비를 태운 가마는 눈 깜짝할 사이에 삼천문(三天門)에 이르렀다. 가마에서 내린 왕비는 하늘의 빛살에 눈이 부시어 앞을 바로 볼 수가 없었다. 그때 하늘사람〔天人〕하나가 왕비에게 일러주었다.

"어서 미륵부처님을 세 번 부르십시오."

"미륵부처님을 세 번 부르면 어떠하옵니까."

"그래야만 눈을 뜨고 하늘세계를 바로 보실 수 있습니다."

왕비는 천천히 미륵부처를 세 번 불렀다.

"미륵부처님, 미륵부처님, 미륵부처님."

과연, 하늘사람이 일러준 대로 하자 비로소 하늘세계가 또렷이 눈에 들어왔다. 하늘세계는 실로 인간세계와는 비교할 수 없을 만큼 장엄했다. 웅장한 천궁과 큰 건물들은 수를 헤아릴 수 없을 만큼 많았고, 고운 무지개가 걸린 허공에는 부드러운 선율의 하늘음악〔天樂〕이 은은하게 울려 퍼지고 있었다.

대범천왕도 하늘사람들과 더불어 선법당으로 와서 부처님의 설법을 들었다. 부처님은 잠시 선정에 들었다가 깨어나와 맑디 맑은 음성으로 무진의 보살에게 천천히 말하였다.

"선남자여, 만일 한량없는 백천만억 중생이 모든 괴로움을 받을 적에 관세음보살의 이름을 듣고 일심으로 관세음보살을 염하면 곧 그 음성을 관찰하시고 해탈케 하느니라.

관세음보살의 이름을 지니는 이는 설사 큰 불에 들어가도 불이 능히 태우지 못하나니 이는 보살의 위신력으로 말미암음이니라.

큰 물에 떠내려가더라도 그 이름을 염하면 곧 얕은 곳을 얻게 되며, 만일 백천만억 중생이 금, 은, 유리, 자거, 마노, 산호, 호박, 진주 등 보배를 구하려고 큰 바다에 들어갔다가 가령 폭풍에 밀려 그 배가 나찰들의 나라에 잡혔을 때라도, 그 가운데 한 사람이라도 관세음보살의 이름을 염하는 이가 있으면 여러 사람들이 모두 나찰의 난을 벗어나게 되나니, 이러한 인연으로 관세음이라 하느니라.

또 어떤 사람이 해를 입게 되었을 때 관세음보살의 이름을 염하면 그들이 가진 칼과 무기가 조각조각 부서져서 벗어나게 되느니라."

이때 선법당에 나와 앉아 있던 대범천왕과 하늘사람들은 부처님의 설법에 감동하여 환희심을 느끼고 고개를 끄덕였다. 그런 동안에도 부처님의 설법은 강물처럼 도도하게 흘러가고 있었다.

"어떤 중생이 음욕이 많더라도 항상 관세음보살을 생각하고 공경하면 문득 음욕을 여의게 되고 만일 성내는 마음이 많더라도 항상 관세음보살을 생각하고 공경하면 문득 성내는 마음이 없어지며, 만일 어리석은 마음이 많더라도 항상 관세음보살을 생각하고 공경하면 문득 어리석음이 없어지게 되느니라."

드디어 설법이 끝날 무렵에는 어느새 삼천 명의 자금인(紫金人)과 만 명의 하늘선녀(天仙女)들이 금빛 연꽃을 타고 사뿐사뿐 선법당으로 내려와 모였다. 부처님의 설법을 직접 듣지는 못하였지만 부처님의 눈부신 자태라도 보기 위해서 모여든 것이었다. 그들 중에 한 명이 왕비에게 물었다.

"어느 나라에서 오셨사옵니까."

"인간세계에서 왔습니다."

"하늘나라에 오신 손님이오니 왕비마마께 선녀 한 명을 드리겠사옵니다. 거절하지 마시옵서서."

하늘선녀 하나가 방긋 미소를 지으며 이렇게 말하고는 나비처럼 사뿐 물러나 왕비에게 작별을 고하였다.

"왕비마마, 저희는 다시 천궁으로 돌아가겠사옵니다. 만 명의 하늘선녀 중에 하나를 남기고 가오니 부디 잘 보살피시어 반야의 지혜를 선양하소서."

왕비는 하늘선녀가 하늘궁전[天宮]으로 돌아가고 난 다음에야 꿈에서 깨어났다. 왕비는 잠에서 깨어나서도 꿈속의 정경이 눈앞에 선하였다. 잠간 동안의 꿈이 너무나 생생하여 오히려 불길한 생각마저 들었다.

'왜 이러한 꿈을 꾸었을까. 꿈은 현실과 반대라던가. 하늘이 무슨 재앙이라도 내리려는 것일까. 외적이 침입하려는 것일까. 아니면 백성들이 반란을 일으키려는 조짐일까.''

왕비는 침상에서 이 생각 저 생각에 몸을 뒤척이며 긴 밤을 뜬 눈으로 새웠다. 날이 밝자마자 그녀는 국왕에게 다가가 간밤의 꿈 이야기를 조심스럽게 꺼내었다.

"기이합니다. 예사롭지 않은 꿈이나이다."

"무슨 꿈이길래 그러하오."

"예사롭지 않은 꿈이옵니다. 설법을 듣고자 하늘로 갔나이다."

"설법은 무슨 설법, 누구의 설법이란 말이오."

국왕은 퉁명스럽게 물었으나 사실은 궁금하였다.

"성스러운 경치에 몸 담그니 걸음걸음 빛살이 찬란했나이다. 자색 구름이 가득했으며 하늘음악 소리도 울려 퍼지고 있었사옵니다. 그때 부처님의 설법을 들었나이다."

"그런 꿈이라면 길몽이니 걱정하지 마시오."

"아니옵니다, 마마. 길흉을 판단할 수 없사와 이렇게 말씀드리나이다."

"그거야 도인을 찾아서 물으면 될 일이니 그리 걱정 마시오."

국왕은 곧 방문(傍文)을 내걸어 해몽을 잘하는 수행자를 구했다. 그러자 호호백발에 얼굴은 주름투성이요, 용모는 대삿갓〔竹冠〕에 누더기를 걸치고 지팡이를 짚은 수행자가 방문을 한 장 떼어 들고 왕궁으로 들어왔다.

늙은 수행자는 신하를 따라와 국왕 앞에서 걸음을 멈추었다. 지팡이를 소리나지 않게 발 앞에 놓으며 이마가 지팡이에 닿을 때까지 고개를 숙여 절하였다.

국왕이 호기심에 찬 눈으로 바라보며 입을 열어 말하였다.

"그대는 어디에서 온 사람인가."

"소승은 낙안방(樂安邦)에 사는 수행자이나이다."

"성은 무엇인가."

"미(彌)가이옵나이다."

"나이는 얼마나 되었는가."

"소승은 조실부모하여 생년월일을 알지 못하나이다."

"출가한 지는 몇 해나 되었는가."

"어려서 출가하여 지금가지 여러 나라를 떠돌며 이르는 곳마다 해봉을 하여왔나이다. 그러므로 소승은 제 나이가 얼마인지, 출가한 지 몇 해가 흘렀는지 모르고 있나이다.

"그럴 수도 있겠다. 그건 그렇고, 그대의 해몽서는 어디에 있는가."

"해몽을 설명한 책 말이나이까."

"그렇다."

"소승은 그런 책이 없사옵니다."

"그렇다면 무엇으로 해몽을 한다는 말인가."

국왕은 늙은 수행자의 눈을 노려보며 말하였다. 그러나 늙은 수행자는 조금도 동요하지 않고 침착하게 대답하였다.

"소승은 책이 필요 없나이다. 꿈 내용을 듣기만 하면 알 도리가 있나이다."

조급해진 국왕이 단숨에 꿈 내용을 말하였다.

"지난밤에 왕비가 꿈을 꾸었는데, 천상에 올라가 선법당에서 부처님의 법문을 들었다네. 그런 다음, 삼천명의 자금인과 만 명의 선녀를 만났는데 그들이 왕비에게 선녀 하나를 주고는 천궁으로 돌아갔다네. 이게 무슨 꿈인가."

늙은 수행자는 눈을 지그시 감은 채 느릿느릿 말하였다.

"소승이 자세히 풀이해 올리겠나이다. 왕비마마께서 하늘나라에 오르시어 부처님 설법을 들으신 것은 더없이 좋은 일로서 천수(天壽)를 더하고 앞으로 부처님의 어머니가 될 것이라는 뜻이옵니다."

"왕비가 부처의 어머니가 된다는 말인가."

"그 도리를 차근차근 말씀드리겠나이다. 삼천 자금인은 삼세(三世)의 삼천 부처님이옵고,"

"어서 말하시오."

"일만 선녀는 일만 보살이옵나이다."

"그자들이 부처이고 보살이란 말인가."

"그렇사옵니다. 그리고 선녀를 하나 주고 난 후 천궁으로 돌아갔다 함은 인왕가(人王家)를 법왕가(法王家)로 변화시킨다는 뜻이나이다."

국왕은 황당하여 입을 다물지 못하였다.

"법왕가, 법왕가로 변화시킨다고."

"이제 육신보살이 이 궁중에 탄생하시어 세상에 나투시와 부처님의 도로써 한량없는 인간들을 제도할 것이나이다."

"왕비에게 선녀를 하나 주고 간 것이 태몽이란 말인가. 그 선녀가 장차 태어날 육신보살이란 말인가."

"그렇사옵니다. 육신보살은 장차 중생들을 제도하는 부처님으로 나투실 것인즉 왕비마마께서는 부처님의 어머니가 되실 것이나이다."

이때 늙은 수행자가 다음과 같은 게송을 읊조렸는데, 지금도 전해지고 있다.

국왕께서 소승더러 어디 사느냐 묻거늘
소승은 원래 낙안방에 살았다네

삼생에 행운 있어
밝은 임금 만나게 되었거늘
왕비마마의 꿈 풀이하니
먼지만큼도 깎아 내리지 못하리

이 몸 세상에 무용지물로 태어난 줄 알았으나
꿈 풀이하며 세월을 살아가누나.

늙은 수행자는 국왕에게 사례를 바라지 않고 그저 물 한 그릇만 청하였다.

"물 한 그릇만 주시겠나이까."

"짐이 약속하지 않았더냐. 해몽을 한 자에게는 상을 내리겠다고. 그러니 망설이지 말고 원하는 것을 말하시오."

"다시 말씀드리지만 물 한 그릇이면 족하옵나이다."

"허허. 대가를 바라느냐, 명예를 원하느냐. 명예를 원한다면 짐이 그대를 가까이 두고 관직을 하사하리라."

"대왕마마. 부처님께서 일찍이 이렇게 말씀하셨사옵니다. 비록 소승의 입을 빌려 하는 말이지만 부처님의 설법인즉, 잘 들으시옵소서. 이렇게 사는 자가 보살이라 하였사옵니다.

'보살은 평등한 마음으로 자기가 지닌 물건을 남김없이 모든 중생에게 널리 베푼다. 베풀고 나서 뉘우치거나 아까워하거나 대가를 바라거나 명예를 구하거나 자기 이익을 바라지 않는다.

다만 모든 중생을 구제하고 이롭게 할 뿐이다. 모든 성인들이 쌓은 행을 배우고 생각하고 좋아하며 몸소 실천하고 남에게 말하여, 중생에게 괴로움을 여의고 즐거움을 얻게 하려는 것이다.'

이것이 보살의 마음이옵나이다. 그러니 소승은 부처님의 뜻을 따르겠나이다."

"알겠느니라. 그대의 고집을 꺾을 수 없노라."

내관이 흰 사발에 물을 가져오자, 늙은 수행자는 물 한 모금을 입에 머금었다가 확 내뿜으며 주문을 외웠다. 그러자 놓여 있던 지팡이가 저절로 일어서더니 살아 꿈틀거리는 금룡(金龍)으로 변하였다.

변화는 순식간에 일어났다. 바람이 구름을 몰아오고, 번개가 번쩍이며 천둥이 크르릉 크르릉 울렸다. 벽력 소리에 왕궁이 흔들리는 가운데 늙은 수행자는 빛나는 금룡을 타고 빛깔 구름에 휩싸여 하늘로 올라갔다.

이날부터 왕비는 일신이 안락해졌다. 눈에 보이는 것은 우담 발화 꽃밭 같았고, 귀에 들리는 것은 하늘음악 소리 같았다. 뿐만 아니라 향기가 늘 코로 스며드는 것 같았고, 영롱한 기운이 온몸을 감싼 것 같았고, 입안에는 언제나 신선한 우유죽을 머금은 듯하였다.

이처럼 상서로운 기운이 열 달 동안 지속되는 가운데 묘장 18년 2월 19일이 되었다. 이날 국왕은 왕족들과 궁녀들을 거느리고 3일 동안 꽃놀이를 벌이는 중이었다.

궁중 정원에는 꽃을 감상할 수 있도록 만든 복도식 주랑(柱廊)이 여든 개나 있었는데, 기둥들은 모두 옥이었고 난간은 순금으로 둘러 있었다. 그리고 서른두 곳의 상화정(賞花亭)은 푸른 기와를 얹었고, 기둥은 금과 옥이었으며, 바닥은 칠보를 박은 은 벽돌이 깔려 있었다. 이러한 궁전 안은 연회상이 벌써 준비되어 있었고, 거문고 소리와 노랫소리가 구성지게 흘러 넘쳤다.

국왕은 궁녀들과 꽃을 구경하며 성천전(成天殿) 뒤에 있는 천화루(千花樓)에 올랐다. 눈을 들어 사방을 둘러보니 때는 사시(巳時)라 해는 중천에 떠 있었다. 바람이 불 때마다 하늘에서는 꽃이파리들이 비처럼 흩날리고, 땅에서는 온갖 보물들이 빛을 내쏘며 천화루 주위에는 향기가 진동하였다.

이때 공주가 태어났다. 국왕은 공주가 태어났다는 말을 전해 듣고는 기쁨을 감추지 못하였다. 이런 묘장왕의 마음이 게송으로 남겨 전해지고 있다.

꽃구경하러 천화루에 오르니
꾀꼬리 우짖고 온갖 꽃 만발하네

2월 19일이라
봄빛 기이하기도 한데
천화루 경치 좋네
한 점 티끌 없이 맑아라

옥 난간에 기대어 정궁 바라보니
고고지성 울리며 공주가 태어나도다.

　왕비는 공주를 금 대야에 목욕시키라고 궁녀에게 분부하였다.
공주를 본 궁녀들은 하나같이 보통 아기가 아니라고 찬탄하였다.
얼굴은 둥근 달처럼 맑고, 해처럼 빛났으며, 살색은 금덩이처럼
귀해 보였다. 손은 천륜상(千輪相)이요, 눈은 마니 보주 같았으
며, 푸른 눈썹과 검은 머리에 손발은 백옥 같고 유리처럼 투명하
였다. 거룩한 용모가 잘 갖추어야 할 32상(相)과 80종호(種好)가
있어 세상에 가히 비교할 이가 없었다.
　왕비는 공주를 국왕에게 보여드리라고 말하였다. 그리하여 공

주는 비단보에 곱게 싸여 금 요람 속에 눕혀졌다. 한 궁녀가 금 요람을 정히 받쳐들고 그 뒤에 궁녀들이 늘어서서 왕궁으로 향하였다.

왕궁에 이르자 국왕이 공주를 보고 크게 기뻐하며 말하였다.

"왕비가 좋은 꿈을 꾸어 얻은 아이다. 이름을 묘선(妙善)이라 하라. 내일 조회 때 신화들과 의논한 후 천하에 조서를 내어 알리리라."

'왕궁을 버리고 출가하여 부처님을 받들게 해주옵소서.
밝은 스승을 모시고 지혜를 얻어 바른 도를 행하리다.
지옥과 같은 불구덩이 멀리 할 마음 버리지 않을 것이며
마침내 성불하여 중생을 제도하게 해주옵소서.'

한량없이 자비로운 공주,
오직 득도의 길만을 원하다

묘선 공주가 성장하는 동안 왕궁 사람들은 아기를 보물처럼 귀하게 보살폈다. 묘선은 조숙하였다. 점점 자라서 열 살이 되자, 뜻은 하늘처럼 높고 품성은 거울처럼 맑았다. 문장과 음악에 통달하였는데, 온갖 일에도 모르는 것이 별로 없었다.

달 밝은 밤에 비파 소리를 풀벌레 울음 소리처럼 켜면서 불경을 외면 그 목소리를 듣고 왕궁 사람들은 모두가 걸음을 멈추었다.

"짙푸른 머리는 푸른 소라와 같이 빛나고 원광을 발하는 몸은 보름달과 같이 맑고 밝으시오며 고해의 중생을 구하는 힘을 갖추신 연두 얼굴은 서상(瑞相)을 나투시나니 그 오묘한 모습은 밝고 원만하나이다.

또, 중생을 고해에서 건지시는 천수(千手)의 장엄은 당신의 위신력을 더욱 빛내시니 온갖 괴로움에 얽힌 중생을 감응케 하시어 중생으로 하여금 한 생각을 일으켜 귀의하게 하고 모든 재앙을 없애주시옵니다.

또, 법의 구름과 비를 삼계에 맑고 시원하게 내려주시어 항상 계를 지킨 공덕의 향이 누리에 가득하게 하시고 선악의 여러 대상에 대하여도 마음이 동요하지 않게 하시옵니다.

관세음보살님, 자비는 물과 같아 티끌처럼 많은 중생의 번뇌를 깨끗하게 씻어주시며 지혜는 날카로운 칼과 같으사 원한이 맺혀 풀리지 않는 마음을 없애주시옵니다.

관세음보살님, 오늘 저희는 집의 안팎을 아름다운 꽃과 향으로 엄숙히 장엄하여 상서로운 기운이 창성하고 꽃다운 향기가 누리에 가득하오니 범천의 맑은 음악을 드높이 울리고 전단향을 피우고서 지극한 뜻과 정성 다하여 부처님께 귀의하고 부처님의 가르침에 귀의합니다."

비록 불경의 한 구절을 외우고 있으나 왕궁 사람들은 묘선 공주가 자신의 소원을 비파의 선율에 담아 기도하고 있는 것이라고 믿었다.

묘선의 행동은 지나침이 없었고, 마음은 늘 밝았다. 부모에게 충성스럽고 효성이 지극했으며 염치를 알고 자비로웠다. 탐욕이 없고, 애욕을 멀리 하였으며 스스로 계율을 지키었다. 낮에는 불경을 읽고 외웠으며 밤이면 참선을 게을리 하지 않았다.

특히 묘선은 짐승이나 꽃나무들을 사랑하였다. 국왕이 사냥하여 가지고 온 다친 사슴을 몰래 치료하여 놓아주기도 하고, 정원으로 나가 봄꽃, 여름꽃, 가을꽃, 겨울꽃 등 계절마다 꽃들을 손수 키워 꽃향기가 일년 내내 왕궁에 퍼지게 하였다.

뿐만 아니라 눈에 보이지 않는 미물들도 묘선의 사랑을 받았다. 땅 속의 벌레들이 다칠까 봐 뜨거운 물, 찬물을 아무데나 버리지 못하였으며, 개미들이 자신의 발에 무심코 밟힐까 봐 함부로 뛰어다니지도 못하였다.

어느 때인가는 숲에서 어미 새를 잃고 시름시름 죽어가는 새끼 새를 발견한 적이 있었는데, 공주는 정성을 다해 모이를 주며 힘껏 돌보았지만 새끼 새가 죽자 눈물을 흘리며 양지바른 곳에 묻어주기도 하였다.

국왕은 이러한 묘선이 못마땅하였다. 왕비가 묘선의 태도를 칭찬할 때마다 국왕은 혀를 찼다.

"굼지럭거리다 죽어가는 한낱 미물을 앞에 두고 눈물을 보이는 묘선이 어찌 천하를 호령하는 국왕의 딸이라고 할 수 있겠소.

왕비는 공주의 마음이 한없이 자비롭다고 하지만 나는 바로 그것이 걱정이오."

"하오나 왕궁 사람들 모두 칭찬이 자자하옵니다."

"누가 감히 공주에게 듣기 싫은 소리를 하겠소. 나는 공주가 욕심도 없고, 남자도 모르고 불경만 외는 것도 불만이오. 세상을 알 만한 나이가 되었는데도 모르니 답답하오. 참선이란 불도들이

나 하는 수행인데 어찌 묘선이 한단 말이오."

어느덧 묘선이 열아홉 살이 되었다. 이때 묘선은 늘 하늘을 바라보며 간절히 기도를 하였다.

'왕궁을 버리고 출가하여 부처님을 받들게 해주옵소서.

밝은 스승을 모시고 지혜를 얻어 바른 도를 행하리다.

지옥과 같은 불구덩이 멀리 할 마음 버리지 않을 것이며

마침내 성불하여 중생을 제도하게 해주옵소서.'

이렇게 발원하던 어느 날 밤이었다. 공주는 꿈속에서 묘고봉 (妙高峰) 정산에 올라 무량수불로부터 예언과 같은 수기(授記)를 받게 되었다. 둥근 달이 뜬 밤에 무량수불의 목소리가 달빛을 타고 내려오고 있었다. 그 목소리는 허공을 울리며 전하여 오듯 느릿느릿 메아리치고 있었다.

"묘선의 출가를 허락하노라. 지금부터는 부처님만을 받들도록 하라. 그대는 밝은 스승을 모시고 지혜를 얻어 바른 도를 행하리라. 지옥과 같은 불구덩이가 그대를 고통스럽게 할지라도 그대는 마침내 성불하여 중생을 제도할 것이니라."

꿈을 꾼 그날부터 묘선의 마음은 확 트였다. 무량수불의 수기가 늘 둥근 달처럼 마음을 환하게 비추고 있었으므로 그 빛을 받은 신심은 죽순처럼 쑥쑥 자라났다.

묘선이 수행하는 모습을 본 궁녀들은 뒤에서 수군덕거리며 웃었다.

"달콤한 쾌락을 젖혀놓고 고생을 사서 할 게 뭔가."

자신을 이해하지 못하는 궁녀들에게 공주는 나직하게 말하였다.

"나는 생사 윤회에서 벗어나려고 수행하지요."

"공주마마의 소원이 무엇입니까."

"자성으로 불도를 깨치고, 자성으로 중생을 제도하는 것이오. 이 두가지가 나의 소원이오."

"왕궁의 쾌락도 좋은 것이 아닙니까."

"해와 달이 바뀌고 세월이 화살같이 흐르니 사람이 한번 육신을 잃으면 천년 이별함을 한탄하게 되지요. 그래서 나는 왕궁의 쾌락을 귀하게 여기지 않고 불문에 귀의하여 도인이 될 것을 그대들에게 권하고 싶은 것이오."

이 무렵 왕궁의 쾌락은 다음과 같은 게송도 모자랄 지경이었다.

왕궁의 부귀로운 그 기상
육궁(六宮)에 삼전(三殿)이라 극락보다 나은 듯
웅장한 궁전 누각
금옥으로 다듬어 찬란도 하여라
구룡상(九龍牀)에 앉고 누우니
그 쾌락 실로 형언키 어려워라

국왕은 오직 쾌락을 지키고자 나라를 큰 위엄으로 다스렸다.

그러한 위엄은 신선도 놀라고 귀신도 두려워하였다. 공이 있는 자에게는 쾌락의 상을, 법을 어긴 자에게는 반드시 고통의 벌을 주니 조정의 신하들은 물론 백만 군사들이 일제히 충성을 맹세하였다. 후궁 권속 삼천칠백 명과 매일매일 연회를 가졌으므로 풍악 소리가 그칠 줄 몰랐다. 뿐만 아니라 궁중에는 진기한 보물이 가득하였다. 다만 왕위를 물려받을 태자가 없는 것이 허전할 따름이었다.

따라서 국왕의 얼굴은 가끔 칠흑처럼 어두워지곤 하였다. 그때마다 대신들은 어찌할 바를 몰랐다. 어느 날 국왕은 연회에서 술잔을 높이 들고 미치광이처럼 고함을 쳤다.

"후궁 빈비 권속이 삼천칠백 명이나 되는데, 죄다 흙으로 빚은 건지 아니면 나무를 깎아 만든 것인지, 피가 돌지 않는 목석처럼 누구 하나 아들을 낳을 줄 모르는구나."

그러고도 분이 풀리지 않는지 들었던 술잔을 연회장 밖으로 집어던져 여지없이 깨버렸다. 그때마다 대신들은 문초를 받는 듯 고개를 숙인 채 아무 말도 못하였다.

"산천초목은 해마다 봄이 오면 꽃을 피우고 가을이 되면 열매를 맺건만 과인은 어이하여 후대가 없단 말인가. 한 나라의 국왕이라 하여도 허망하기 그지없구나."

말이 끝날 때마다 술잔은 쨍그렁 소리를 내며 박살이 났다. 대신들은 고문을 받는 것처럼 얼굴을 일그러뜨리며 신음 소리를 죽였다.

"만일 궁중에 태자가 있어 왕위를 이어받는다면 천하를 다스려 왕도를 흥성시키고 이름을 천하에 떨치지 않겠는가. 그런데도 과인의 이 염원 어디다 의탁할 데 없구나."

그날 밤 연회는 국왕의 굽 높은 술잔〔高杯〕이 다섯 개나 박살이 나고서야 파하였다. 폭음에 빠져 미쳐 날뛴 날 밤에는 전리품으로 가져온 굽 높은 술잔이 열 개나 깨져 나갔다. 몸을 가누지 못할 정도로 술에 취하면 더욱 포악해지는데, 연회에 불려 나온 신하들은 하나같이 몸을 사리며 허리를 낮추었다.

그러나 국왕은 아무리 폭음을 해도 정사를 폐하는 날은 없었다. 새벽 별빛이 스러져가는 시각이 되면 폭음한 사람답지 않게 멀쩡한 걸음으로 궁중 악기가 일제히 울려 퍼지는 가운데 어전으로 나갔다. 큰 종소리와 큰 북소리는 잠든 왕궁을 뒤흔들었다. 그런 뒤에 국왕의 출현을 알리는 채찍 소리가 세 번 울리면 종소리와 북소리는 멈추고, 궐 안은 물을 끼얹은 듯 조용해졌다.

이때 줄지어 선 대신들과 장수들은 관복 차림으로 저마다 손에 홀을 받쳐든 채 일제히 허리를 굽혀 국왕을 향해 만세를 세번 외친 다음 스물네 번 절을 하였다.

날마다 이런 순서로 장엄하고 위엄있게 조회가 시작되고 파하게 되는데, 어느 날 국왕이 한 대신에게 물었다.

"오늘 만조 대신이 다 입조하였느냐."

대신이 바로 대답하였다.

"전하께 아뢰옵니다. 오늘 좌승상 장공진이 조회에 나오지 않았나이다."

"무슨 연고인가."

허지 승상이 말하였다.

"소신이 듣자오니 장 승상이 지난밤에 아들을 보았다고 하옵니다. 그래서 조회에 나오지 못했으니 허물을 용서해주옵소서."

국왕은 미간을 찌푸렸다. 가슴이 찬바람을 쐰 듯 허전하였다.

'그 사내아이가 궁중에서 태어났더라면 장차 내 왕위를 이어받으련만. 좋은 부모를 만나지 못하였구나.'

국왕의 얼굴에 수심이 어렸으므로 문무 대신들은 전전긍긍하며 일제히 꿇어앉아 눈치만 보았다. 그때 수염이 허연 우승상이 말하였다.

"상감마마, 상심을 삭이시고 마음을 푸옵소서. 비록 태자는 두지 못했어도 왕비마마께서 세 공주를 두시지 않았나이까. 세 공주 한창 청춘의 좋은 시절이니 부마를 삼으시면 친자식과 무엇이 다르오니까. 부마로 삼은 뒤에 그들 중 덕행이 깊은 이에게 왕위를 잇게 하면 태자나 매한가지 아니오니까."

"음."

"소신들 죽기를 각오하고 진언하오니, 상감마마 옳다고 여기시면 받아들이옵소서."

국왕이 가까스로 어두운 상심의 그늘을 거두었다. 그러고는 무인답게 호기를 되찾아 활짝 갠 얼굴로 말하였다.

"경들의 진언에 짐의 상심이 사라지고 말았도다."

국왕은 즉시 명을 내려 세 공주에게 저녁에 어전으로 나오라고 분부하였다.

이런 정경을 담은 다음과 같은 게송이 전해지고 있다.

봄바람 불지 않고서
꽃망울 어이 터지리
국왕 명령 떨어지기 무섭게
후궁에 번개같이 전해졌네
묘서, 묘음, 묘선 세 공주
옷단장 곱게 하고 궁문을 나서네
그믐밤 같은 검은머리 높이 만들어 얹고
버들잎 같은 가는 눈썹 봄바람에 살랑
용모는 활짝 핀 모란꽃인데
비단 신에는 흙먼지 한 점 없구나
꽃인 양 그 모습 옥으로 다듬은 듯
풋풋한 그 젊은 봄빛이 무르녹는 듯
절묘한 자태 선연하고
휘감은 비단옷 찬란하여라
금띠 두른 어깨 덧옷에 봉황관 쓰고
용과 봉황 수놓은 비단 저고리와

구슬 박은 옷도 황금빛이요
꽃비녀 팔찌도 온통 금빛이어라
구슬과 보석 몸에 둘렀는데
어여쁜 모습 천진(天眞)을 능가하네
수놓은 치마 발치에 끌리고
구슬 달린 일산 머리 위에 받치었네
사뿐사뿐 옮기는 발걸음에
보석 부딪히는 소리 상쾌하구나
가벼운 꽃등은 앞에서 인도하고
무거운 손 부채 뒤를 호위하네

국왕은 세 딸을 어전에 세워놓고 말하였다.

"태자가 없어 부마를 삼으려 하니 문인이든 무인이든 마음대로 선택하라. 언니부터 차례로 어서 대답을 하거라."

큰딸 묘서 공주가 부왕에게 고개를 숙이며 대답하였다.

"소녀, 부왕의 명 받들어 성례하오리니 문사를 택하려 하옵니다. 그러하되 먼저 여러 모로 물색해보아야 하겠나이다. 형벌을 받은 적이 있는 자이거나 신분이 천한 자들을 제외하고 방문을 내붙여 천하에 알리되 현명한 수재들 중 과거시험에 장원급제한 사람으로서 선물을 능히 준비해야 하고 재모를 겸비한 사람이어야 될 줄 아옵니다. 나이가 젊고 성미가 좋고 거동이 점잖고 구변

이 좋고 음성이 낭랑해야 하옵니다. 키도 몸매도 출중하고 학문을 즐겨 박식해야 하고 효의인신(孝義仁信)을 두루 갖추고 있어야 하옵니다. 문장 재덕이 빼어나 붓을 들면 문장이 나오고, 입을 열면 시가 나오는 사람이되 그 실력을 실제로 응용할 줄 알아야 하옵니다. 그래야 한 나라의 보배가 되고 만방에 빛을 뿌릴 수 있사옵니다. 이런 큰 그릇이 될 사람이 있다면 소녀 그와 성례를 올리겠사옵니다."

둘째 딸 묘음 공주도 허리를 굽혀 공손히 말하였다.

"언니가 문인을 택한다면 소녀는 무인을 택하려 하옵니다. 문무를 겸비한 뜻 높고 위풍 있는 무사로서 군사를 쓰지 않고 기백으로써 적군을 항복하게 하여 변방의 안녕을 지키는 사람, 전쟁을 영영 종식시키고 나라를 보위하고 백성들을 안락하게 살게 하며 관리와 백성이 화합을 이루는 태평성대를 이룰 사람, 일인지하 만인지상이라 군권을 잡고 나라를 지키며 세상에 거스를 자없이 공평한 명을 내리고 무술에 탁월하여 반란의 연기가 타오를까 걱정될 때 나라와 백성을 보위할 중책을 맡을 사람, 이런 사람이라야 한 나라의 대신이라 일컬을 수 있으니 혼인에 합당할까 생각하옵니다."

국왕의 얼굴에 미소가 어리었다.

"그래, 네 말이 맞다. 병사 천만 구하기는 쉬워도 장군 하나 구하기는 어렵도다. 이제 묘선이 말해보라. 과인이 너를 유달리 귀여워했거늘 애비 앞에 속마음을 털어놓아보거라. 큰언니는 문인을 택하였고, 둘째 언니는 무인을 택하였거늘 너는 어떤 마음을 가지고 있는지 속에 품은 생각을 들어보자꾸나."

묘선이 말을 머뭇거리자 국왕이 다시 재촉하였다.

"이 애비는 딸 셋밖에 두지 못하였다. 지금 세 딸이 다 묘령이라 부마를 삼아 나라와 백성을 보위하고 하늘을 대신하여 덕을 베풀려 한다. 금방 너의 큰언니는 문인을 택하였고, 둘째 언니는 무인을 원하였으니 이는 곧 나에 대한 효도요 순종이니라. 묘선아, 너의 생각은 어떠한지 말해보아라."

묘선이 부왕 앞에 나아가 대답하였다.

"다 같은 여자의 몸이라 하지만 뜻이 같지 않고 생각 또한 틀리옵니다. 이를 통촉하여주옵소서."

"어서 말해보라."

묘선이 용기를 내어 자신의 진심을 고백하였다.

"충신이나 효자, 어진 이나 지사 모두 어찌 무상(無常)의 도리를 피할 수 있겠사옵니까. 소녀는 수행하여 도를 깨치려 하옵니다. 정각을 얻어 보리를 이룬다면 아바마마의 은덕을 잊지 않고 보답하겠사옵니다."

"뭐, 뭐라고."

국왕의 얼굴에 어렸던 미소가 어느새 사라지고 있었다.

"지옥의 고통을 당하게 되는 것은 목숨을 사랑한 게 원인이요,

애욕을 끊지 못한 결과임을 절실히 느끼게 되옵니다. 이런 인과로 하여 윤회를 벗어나지 못하고 그저 모습만 달리 할 뿐 이 세상에 만 번 태어나고 만 번 죽으며 육도에서 헤매는 것입니다. 부처님은 이렇게 말씀하셨사옵니다.

'모든 중생에게는 갖가지 은애와 탐심과 음욕이 있어 생사에 윤회한다. 음욕이 애정을 일으켜 생사가 되풀이된다. 음욕은 사랑에서 오고 생명은 음욕으로부터 생긴다. 음욕 때문에 마음에 맞거나 거스름이 생기고, 그 대상이 사랑하는 마음을 거스르면 미움과 질투를 일으켜 온갖 악업을 짓는다. 그러므로 중생이 생사의 괴로운 윤회에서 벗어나려면 먼저 탐욕을 끊고 애정의 갈증에서 벗어나야 한다.'

생사 윤회의 이치가 부처님 말씀처럼 이렇듯 명명백백한즉 소녀는 불도를 따르겠사옵니다."

국왕의 얼굴이 점점 붉어졌다.

"무슨 해괴한 소리를 하는고."

"해괴한 소리가 아니옵니다. 애욕을 끊으면 불(佛)의 열매를 얻어 중생을 크게 교화할 것이옵니다. 산 목숨들을 인도하여 지혜의 언덕에 이를 수 있을 것이옵니다. 그러니 번갯불이나 부싯돌 빛처럼 빨리 수행 정진해야 할 것이옵니다. 마침내 내세의 길에 들어서서야 지난날 마음을 올바른 데 두지 못했음을 반드시 깨닫게 될 것이옵니다."

묘선의 말에 국왕은 크게 화를 내며 말하였다.

"고약하구나, 요망한 년. 이 무슨 해괴한 소리인가. 한 나라의 주인이요 만백성의 왕인 내가, 그래 가랑머리 계집애인 너보다 세상을 모른단 말이냐."

"소녀는 진정으로 말씀드리고 있나이다."

"닥치거라. 자고로 천지가 있으면 음양이 있는 법이요, 남녀가 있기에 서로 만나 부부가 되는 법이니라. 남자는 장가들고 여자는 시집가는 것이 당연한 이치가 아니더냐. 그런데 그게 무슨 당치 않은 말이냐."

국왕은 성이 독처럼 퍼져 올라 점점 이성을 잃어갔다. 턱을 부들부들 떨더니 이윽고 무사들에게 묘선을 당장 끌어내라고 호령하였다.

"저년을 당장 끌어내 하옥시켜라."

"네에."

신하들의 대답 소리는 우레 소리처럼 컸지만 감히 바로 손을 쓰는 자는 없었다. 이때 묘선이 국왕에게 다시 공손한 말투로 말하였다.

"도량이 바다같이 넓으신 아바마마께서 이만한 일을 가지고 어찌 산악같이 크게 성을 내시옵니까. 소녀 엎드려 청원하오니 자비를 베풀어 저의 염원을 들어주옵소서."

국왕은 어이가 없고 기가 막히는지 하늘을 쳐다보며 크게 소리

내어 웃었다.

"하하하하"

그러더니 다시 턱을 떨며 고함쳐 말하였다.

"과연 저년이 궁중에 생겨난 요괴가 틀림없구나. 이제 열아홉 나이에 세상 모르는 일 없는 것처럼 말하고, 효제충신(孝悌忠信)이라는 인륜의 도는 배우지 않고, 어디서 삿되고 짐을 미혹시키는 허튼 소리만 하고 있는 게냐."

"아바마마, 고정하옵소서."

"자고로 사람은 태어나면 죽게 마련이고 봄과 여름이 있으면 가을과 겨울이 있는 법, 사람이 죽으면 장례를 치르고 해마다 제사를 지내는 게 이치가 아니더냐. 한 생을 살면서 공로 있는 자는 사서에 올려 후대에도 전해지는 것이다. 그러니 나에게 효도하려면 충성해야 한다. 극락이라는 게 어디 있고 지옥이라는 게 어디 있으며 귀신은 또 어떻게 생겼다더냐. 글을 읽어 조정에 들어와야지 염불하여 극락 가는 걸 누가 보았다더냐."

국왕은 더욱 흥분하여 잠시 할 말을 못하였다. 그러더니 묘선을 노려보며 다시 소리쳐 말하였다.

"윤회를 들먹이는 걸 보니 이 요망한 년이 죽음은 두려운 게로구나. 만일 네가 총명하고 식견이 있는 아이라면 공주의 본분을 지키고 군말 없이 애비의 말에 고분고분 순종하리라. 두 언니처럼 부마를 택하라. 으레 해야 할 일이 아니더냐. 그래야 과인의 마음이 기쁠 게 아니겠느냐. 어린 나이에 장래가 어쩌고 저쩌고 하다니 어디서 그런 심병(心病)을 얻었는지 모를 일이로구나.”

묘선도 자신의 생각을 굽히지 않고 말하였다.

“소녀는 의원을 원하옵니다. 천하 만물에게 생멸의 상(相)을 없게 하고, 애욕의 정을 없게 하고, 늙어 병이 나는 고통을 받지 않게 하고, 빈부의 수치를 없게 하고, 좋고 싫음의 환(患)을 없게 할 수 있는 의원, 너와 나를 가르는 마음을 없게 하고, 유능하다고 느끼는 교만한 마음을 없게 할 수 있는 의원, 대지의 인간에게 마음도 형상도 수명도 명예도 안락도 평등하게 할 수 있는 의원, 삼라만상 육도 사생에서 헤매는 영혼을 깨우쳐 정각 보리를 얻을 수 있게 하는 의원, 이렇게 할 수 있는 의원이 있다면 때를 가리지 않고 부부로 결합하겠사옵니다. 이런 사람과 더불어 인욕을 함께 하고, 법의 자리에 나란히 앉고, 무위(無爲)의 자리에 함께 누우려 하옵니다. 소녀의 소원은 이뿐이옵니다.”

이때의 정경을 게송은 이렇게 남기고 있다.

뼈를 깎는 추위 아니고서
매화가 어찌 향기 풍기랴
공주 말에 부왕 가슴이 부글부글
노여움이 치받쳐 얼굴이 붉으락푸르락
우레 같은 소리로 호통치니

신하들 천둥이 우는가 하더라
국왕 장군들에게 명 내리어
저 공주 죽이라 하였네
문무 대신 일제히 만류하는 말
상감마마 고정하옵소서
공주 아직 나이 어려 철 안 들었으니
너그럽게 보아 용서하소서
이에 국왕 입 열어 하는 말
경들은 짐의 말 들으라
발칙한 년 담대하기는 범을 삼킨 듯
쇠붙이 삼켰는지 마음은 철석 같아
아무리 말을 하여도 마이동풍 격
간교하기 이를 데 없어 가보라 할 수 없고
배은망덕 서슴지 않으니 어찌 착한 사람이랴
오래 두면 진짜 요정으로 변할지니
하루 바삐 없애버림이 좋으리라.

국왕은 용상을 내리치며 또다시 큰소리로 말하였다.
"이 미친 년, 게 무슨 얼토당토않은 소리냐. 썩 입 닥치지 못할까."
그래도 분이 풀리지 않는지 늙은 시녀에게 호령하였다.
"저년의 비단옷을 벗기고 곤장을 쳐서 후원에 가두어라. 추위
와 배고픔에 시달려 죽게 되어도 그 따위 허튼 생각을 하는지 어

디 두고 보라."

　묘선은 국왕의 말을 듣자마자 미소를 지었다. 비단옷을 벗어
버리는 것이 차라리 마음이 편할 것 같았다.

비단옷 원치 않는 공주
삼베옷 소복으로 길에 오르네
......

삼십육궁 사람들 가지 말라 만류하고
칠십이원 사람들 떠나지 말라 권하는데
한마디 만마디 귓전으로 흘리고
한마음 한뜻으로 갈 길 다그치네

결혼 거부하고 후원에 갇히다

후원에 갇힌 묘선은 미소를 지으며 말하였다.

"비단옷을 입었다고 하여 어찌 부귀하다고 하며, 왕궁이 부귀하다고 하여 어찌 도가 있다고 하리."

후원에 갇힌 묘선 공주는 조용하고 청정한 마음으로 선정에 깊이 들었다. 날마다 하루 종일 불도를 깨치고자 정진하였다. 그러면서 불타는 집 같은 왕궁을 벗어나게 해준 국왕에게 감사를 드렸다. 비로소 자신의 뜻대로 수행을 하게 된 것이었다.

묘선은 후원에서 밝은 달, 흰구름을 벗삼아 아무런 근심 걱정 없이 보내었다. 공주는 궁문을 벗어나게 된 것을 거듭거듭 기쁘게 생각하였다. 아무런 마장이 끼지 않은 것도 전생의 덕으로 생각하였다. 마치 궁문을 벗어난 것과 같았고, 호랑이가 산으로 돌아간 것과 같이 자유를 찾은 기분이 들었다.

묘선은 후원에서 궁녀들과 함께 생활을 하였다. 흙을 묻히고 물을 적시며 나무 장작을 나르기도 하였다. 그러나 흙을 밟는 발바닥의 감촉은 왕궁의 비단 위를 걷는 것보다 더 좋았다. 뿐만 아니라 장작을 나르며 땀을 흘리는 일도 상쾌하기 그지없었다.

꽃나무에 물을 주며 키우고 가꾸는 일도 더없이 즐거웠다.

묘선이 후원에 갇힌 지 한 달이 흘렀다. 왕비는 자나깨나 후원에 갇힌 딸 생각만 하였다. 끼니 때는 밥상을 물리쳤고 밤에는 잠을 이루지 못하였다.

결국 왕비는 묘선의 죄를 용서해달라고 국왕에게 빌기로 하였다. 빈비들은 왕비의 말을 좇아 이튿날 조회 때 왕비와 더불어 어전에 나가 국왕의 허락을 받고 묘선 공주를 궁중으로 데려오기로 하였다.

국왕은 왕비가 간청하는 말에 허허 웃었다.

"부모 된 마음 다를 리 있겠소. 제 살붙이 아끼지 않을 부모가 어디 있겠소. 부모에게 효도하고 순종하기만 하면 되니 이제라도 가르쳐 잘못을 깨닫게 함이 좋을 것이오. 내일 조회가 끝나면 짐이 친히 후원에 가서 돌아보고 묘선을 궁중으로 데려올 테니 왕비와 빈비들은 그 애를 권고하여 마음을 돌리도록 하시오."

왕비와 빈비들은 국왕의 분부를 받들어 즉시 후원으로 갔다. 국왕도 다음날 조회가 끝나고 후원으로 가서 공주를 만났다.

묘선을 보고 국왕은 아무 말도 하지 않았지만 속으로는 그 모습이 가여워서 절로 눈물이 주르르 흘렀고, 그 눈물은 국왕의 금룡포를 적시었다. 국왕이 묘선에게 말하였다.

"내 딸 묘선아. 어디 보자. 몸은 상하지 않았느냐. 내가 있는 궁으로 돌아갈 생각은 없느냐. 궁전으로 돌아가면 향기로운 음식에 귀한 옷을 입고, 금옥으로 만든 집에 살며 하나부터 열까지 다 궁녀들이 시중을 들지 않느냐. 날마다 연회가 있고 풍악을 접하니 무엇이 부족하겠느냐. 이제 애비의 말을 들어 부마를 받아들이어라. 앞으로 너의 남편이 강산의 주인이 되어 왕도를 흥성시키면 한평생 영화를 누릴 수 있지 않느냐. 천자 자리에 한 번 앉는 것이 제후 자리에 백 번 앉는 것보다 나으리라. 그런데 무슨 생각으로 이런 수모를 당한단 말이냐."

묘선이 대답하였다.

"왕궁의 부귀영화 부럽지 않사옵니다. 소녀는 불문에 귀의하여 도인이 되려 하옵니다. 부마삼아 왕위 이을 뜻이 없사오니 저는 정궁마마 될 복이 없나 봅니다. 부처의 누더기를 걸칠지언정 왕궁의 비단옷 생각이 없사옵니다. 소녀, 정과(正果)를 얻는다면 보광전에서 부모님의 은혜를 갚겠나이다. 소녀 망덕하여 후원에 있으며 아바마마를 이곳에 거동케 하였으니 송구스럽사옵니다. 자성을 밝혀 마음꽃 피우게 되면 반드시 그 열매를 궁문으로 돌리겠사옵니다."

묘선의 고집을 꾸짖으며 국왕이 다시 말하였다.

"자식된 도리로 부모 명을 거역하는 것은 세상에 용납 못할 일이로다. 어디서 그 따위 허망한 소리를 듣고 끝까지 애비 말을 거역하느냐. 도인이라는 자들은 제 힘으로 생활하지 못하니 부처님의 이름을 빌려 세인을 미혹하여 그럭저럭 세월을 보내는 것이다. 충효를 모르는 죄를 범한 떠돌이들인데 어이하여 그런 자들을 본받아 나라를 망치고 조정을 어지럽히려 하느냐. 어서 부마를 맞아 왕도를 세우도록 하여라. 그러면 부귀영화가 하늘에 닿을 것인즉 다시 잡념이 생기지 않으리라."

"소녀가 알기로는 삼세 제불은 고금의 명현인데, 온갖 욕망 다 버리고 대승도를 행하여 정각을 얻어 중생을 제도한다 하더이다. 천만의 성현, 10종의 선인, 96종의 외도, 50종의 마왕 그리고 여러 국토의 국왕, 대신, 선비, 농부, 군인, 상인, 털 가진 짐승, 비늘 가진 물고기, 숨은 귀신, 드러난 귀신 할 것 없이 다 정과를 얻을 수 있다고 했사옵니다."

묘선 공주의 말에 국왕은 허탈하였다. 그는 치미는 분노를 지그시 누르고 왕궁으로 돌아오는 수밖에 없었다. 국왕과 함께 나섰던 왕비와 궁녀들도 허탈한 마음으로 돌아왔다.

국왕은 긴 밤을 지새우며 생각해보았지만 어떻게 하면 좋을지 묘책이 떠오르지 않았다. 이튿날 국왕은 왕비와 첫째 공주, 둘째 공주를 불러 말하였다.

"이제 왕비와 언니 공주들이 묘선의 마음을 돌려보도록 하여라."

다음의 게송은 이때의 정황을 읊은 것이다.

학이 나무에서 쉼 없이 우짖으나
봉황새 어찌 뭇새들과 한 가지에 깃들이리
상감마마 성지 내리사
왕비보고 셋째 딸 설득하라네
국왕의 명 받은 왕비
급한 마음 한달음에 이르지 못함이 한이네
묘서와 묘음 왕비와 더불어
후원에 가 동생을 타이르네
딸이 벌받아 후원에 갇히니
왕비 밤낮 눈물로 세수하였네
타이르노니 어서 빨리 부마 택하여
두 언니와 더불어 성례하라
부모님이 키운 은혜 크고 깊거늘
궁중으로 돌아가 그 은혜 보답하라
밤 깊고 물이 차 고기가 물리지 않으니
텅 빈 고깃배 달빛만 가득 싣고 돌아오누나
오늘도 고집 부려 마음 돌리지 않으면
그야말로 불효녀 틀림없으리라
나무 관세음보살

묘선이 왕비에게 말하였다.

"부모님 은혜 바다같이 깊은 줄 아나이다. 부처님도 말씀하셨 사옵니다.

'어떤 사람이 왼쪽 어깨에 아버지를, 오른쪽 어깨에 어머니를 메고 히말라야를 백번 천번 돌아 살갗이 터지고 뼈가 부서진다 할 지라도 부모의 은혜에는 미칠 수 없다. 어떤 사람이 부모를 위하 여 백 자루의 칼로 자기 몸을 쑤시며 천 겁을 지낸다 할지라도 부 모의 은혜에는 미칠 수 없다. 또 부모를 위해 자기 몸을 불에 사르 기를 억만 겁 할지라도 부모의 깊은 은혜에는 미칠 수 없다.'

하오나 어마마마, 두 언니가 성례를 이루어 부모님을 모시게 되어 다행이오니 소녀의 출가를 허락해주옵소서. 소녀 만약 득도 하여 원각(圓覺)을 얻으면 부모님부터 제도하여 서방정토에 함께 나시게 하여 온갖 행복 누리게 하리니 어마마마께서 소녀를 낳지 않은 셈치든지 제가 죽은 셈치든지 하옵소서. 세인은 재색을 중 히 여기지만 소녀는 마음을 비우려 하나이다. 재와 색은 마음을 산란케 하지만 조용한 마음은 견성을 이루게 하나이다."

왕비 옆에 서 있던 묘서 공주는 이상한 생각이 들었다. 묘선의 용모가 상해 있기는커녕 더 고상한 자태를 보이고 있는 것이었 다. 실로 하늘의 조화 같았다. 묘서는 묘선에게 말하였다.

"고난받는 동생아, 청춘을 아껴라. 혼자서 늙게 되면 외로워 슬픔을 견디지 못하게 된단다. 궁중의 부귀영화는 천상에서나

누릴 수 있는 것이지 이 땅에서는 둘도 없는 것이란다. 왕궁을 출입할 때 온갖 풍악 속에 가마 타고 드나드니 신선이 따로 있겠느냐. 우리 세 공주가 이런 부귀영화 누리는데 더 바랄 것이 무엇이 있겠느냐. 귀신한테 홀렸는지 고생을 절로 사서 하니 네가 어디 정신이 온전한지 모르겠구나. 부모님 걱정 덜어드리게 어서 궁중으로 돌아가자."

묘서 공주의 말에 묘선이 말하였다.

"덕은 맑은 검박(儉朴)에서 생기고 복은 비속을 버리는 데서 나오는 법, 지혜로운 자는 생사 윤회를 분명히 알 거예요. 나는 언니와 같은 여자의 몸이긴 하지만 마음은 달라요. 언니들은 부귀영화에 미련을 두어 부마를 맞으려 하니 생각대로 하세요. 나 같은 여자는 부마가 소용없지요. 나는 부모님의 은혜며 애욕을 잘라버리고 일심으로 수행할 뿐이예요."

그러자 묘서 공주가 꾸짖었다.

"이 어리석은 것아, 바른 말이 통하지 않는구나. 그냥 이대로 나가면 죽을 고생을 할 텐데 그때는 해탈하려 해도 해탈할 길이 없을 것이야. 그 도리를 알기나 한지, 쯧쯧."

묘서가 묘선을 설득시키지 못하자, 이번에는 둘째 언니인 묘음이 나섰다.

"네가 궁문을 나선 뒤로 종무소식이라 자나깨나 네 생각에 눈물만 흐르더라. 어마마마와 큰언니가 모처럼 찾아왔으니 충고를 받아들여 궁중으로 돌아가자. 부모님 모시는 것은 하늘을 섬기는 것, 이것이 도인 되는 것보다 낫지 않느냐. 궁중 생활이 얼마나 즐거우냐. 비단옷 낡기 전에 바꾸어주고, 끼니 때면 궁녀들이 밥사발을 받쳐주고, 풍악 속에 술잔까지 잡아주거늘. 자리에는 늘 향이 피어오르고, 북소리 세 번 울리면 잠자리에 들고, 오경이면 분단장하고 종소리 듣지 않았더냐. 궁녀들이 우리를 떠받들고 순종하니 평안키가 선인 못지않지. 이러한 부귀영화 옆에 밀어두고 어리석게도 천민이 되려 하다니 어서 돌아가 부마 맞고 우리 함께 궁중에서 살자꾸나."

애원하듯 말하는 둘째 언니 묘음 공주의 말에도 묘선은 고개를 흔들었다.

"두꺼비는 반사할 빛이 없고, 옥토끼는 달을 벗해줄 뜻이 없대요. 이 동생은 용궁의 보물 다 헤아려보았기에 다 알고 있어요. 극락과 지옥은 서로 함께 있으니 어느 쪽이든 마음대로 선택하는 거예요. 하지만 이 동생은 극락으로 난 길로 갈 것이요, 언니의 거처는 지옥의 방이 될 거예요."

묘음 공주는 얼굴빛이 흐려졌다.

"우리 말을 조금도 듣지 않는구나. 흥, 네 마음대로 해보아라."

왕비와 두 공주는 묘선을 설득하지 못하고 왕궁으로 돌아와 국왕에게 보고하였다.

"부왕마마. 묘선이 끝내 마음을 돌리지 않사옵니다. 하는 말마다 빈틈이 없고 마음은 태산인 양 꿈쩍 않으며 뜻은 바다인 양 넓고 깊사옵니다."

국왕은 숨을 깊이 내쉬며 탄식하였다.

"그년 필시 요망한 계집이로다. 고칠 길이 없도다."

국왕은 곧 어전으로 나가 대신들을 불렀다. 그러고는 문인과 무인들에게 묘서와 묘음 공주의 부마감을 골라 천거하도록 명하였다.

조정의 대신들은 국왕의 교지를 받들어 실행에 옮겼다. 현사(賢士) 중에서 부마감을 택하고자 문무 시험을 보기로 하였던 것이다.

그러던 어느 날이었다.

국왕은 어전에 들자마자 왕비를 불렀다. 묘서와 묘음에게는 근심거리가 별로 없는데, 고집스러운 묘선의 일 때문이었다. 어느새 세월은 반 년이 지나갔는데, 묘선의 소식이 아주 끊긴 탓이었다.

이번에는 상궁들을 불러 말하였다.

"누구든지 셋째 공주를 찾아가서 마음을 돌려 세우기만 한다면 큰 상을 내리리라."

국왕의 명을 받은 상궁들은 지체 없이 묘선의 거처로 찾아갔다. 그런데 그녀들은 묘선을 보자마자 눈물부터 흘리었다. 묘선은 예고 없이 찾아와 울고 있는 상궁들에게 물었다.

"어인 일로 여기까지 와서 눈물을 흘리시오."

"쇤네들 오늘 임금님의 명령을 받자와 공주께 왔나이다. 공주께서는 어서 궁중으로 돌아와 부마를 삼으라 하더이다."

"정과를 얻어 무상 정각을 이루게 되면 이 몸은 백억 개의 형상으로 화신할 수 있소. 32상 80종호로 서방정토나 천궁에 마음대로 드나들고 마음대로 화신하여 중생을 제도할 수 있게 된다오. 내 수행하여 이런 경지에 이르면 궁중으로 돌아가겠소."

"그러하오나 이곳은 후원으로서 수행하기에 마땅한 곳이 아니옵니다."

상궁들의 말에 묘선은 속마음을 털어놓았다.

"그렇소. 이야기가 나왔으니 마저 하겠소. 난 여주(汝州) 용수현(龍壽縣) 백작선사(白雀禪寺)로 가려 하오. 백작선사에는 비구니 오백 명이 정진 수행하고 있소. 수고스럽겠지만 부왕과 어마마마께 내 뜻을 전해주시오."

상궁들은 묘선의 명을 받들고 왕궁으로 돌아와 국왕에게 보고하였다. 그러자 국왕이 시큰둥하게 말하였다.

"가고 싶으면 가라 해라. 마침 잘되었다. 불을 피우자 바람이 일어 불이 더 세게 타오르게 되는 이치로다. 공주가 도착하기 전에 먼저 백작선사의 비구니에게 밀지를 내려보내라. 공주가 도착하게 되면 권고하여 궁중으로 돌려보내라고 해라. 만일 돌려보내지 못한다면 중죄로 엄하게 다스릴 것이로다. 군사를 풀어 절을 태워버릴 테니 그리 알라 하여라."

이때 정경이 이런 게송으로 전해지고 있다.

비단옷 원치 않는 공주
삼베옷 소복으로 길에 오르네
높이 얹은 머리엔 대나무 비녀 꽂았는데
그 모습 더더욱 출중하구나
꽃다운 열아홉 빼어난 자태에
하늘의 해와 달도 무색해하네
발걸음 거침없어 하늘에서 내려온 듯
몸가짐 당당하여 신선 못지않구나
삼십육궁 사람들 가지 말라 만류하고
칠십이원 사람들 떠나지 말라 권하는데
한마디 만마디 귓전으로 흘리고
한마음 한뜻으로 갈 길 다그치네
왕족, 궁녀, 일제히 따라 나와
궁문 나서는 공주 전송하네
조정의 조회 방금 파했는데
신하가 어전에 아뢰는 말
공주 성지 받아 타관으로 떠나는데
소신이 이끌어 임금의 은혜 사례하러 왔나이다
상감마마 용상에 장중히 앉았는데
공주 어전에 팔배 올리네
왕비에게도 팔배하며 천수를 빌고
부모 받드는 두 언니에게도 세 번 절하네

만조 대신 일일이 작별하고
　　공주 몸 돌려 조정을 나서더라.

　묘선 공주가 왕궁 사람들의 배웅을 받으며 궁문을 나서려는 순간이었다. 그때 문무 대신들이 비단 띠로 길을 가로막았다.
　"소신들 듣건대 옛 책에 이르기를, 효도가 으뜸이라 부모님 섬기는 것이 가장 큰 일이라 했사온즉 오늘 부모님 버리고 출가함은 무슨 도리나이까. 수행은 무슨 수행을 하고 부처는 무슨 부처를 모신다고 그러나이까. 궁중에서 부모님께 효도하고 부모님 말씀에 순종하면서 시서를 널리 읽으면 자연히 도를 알게 될 것이 아니옵니까. 부마삼는 것은 자연의 이치요 의식이 근본이라 하온데 술과 고기 먹어 안 될 게 무엇이고 능라 주단 입는 게 무슨 죄가 된다고 그러하옵니까. 옛사람들 중에는 문 밖을 나서지 않고도 천하의 일을 아는 사람이 있는가 하면 일거에 공명을 떨쳐 이름난 사람도 있고, 뛰어난 문장으로 국왕의 스승이 된 사람도 있사옵니다. 그들이 출가하여 부처를 섬겨서 후세에 명성을 떨친 것은 아니옵니다. 그러니 세상에 나서서 남의 웃음을 사고 입방아에 오를 일이 아니옵니다. 소신 등이 우매하여 좋은 말로 진언하지 못하였사오니 공주께서 노여움을 삭이시고 궁중으로 돌아가사이다. 효와 의와 충과 산에 맞게 언행를 하시고 마음을 바로 가짐이 제일이옵나이다."

묘선은 앞길을 가로막고 있는 대시들에게 말하였다.

"천 사람이 미치기는 쉬운 일이지만 한 사람이 한 몸 보전하기는 어려운 일이오. 흥하면 반드시 망하고 태어나면 필연코 죽는다는 것을 소녀는 오늘 더욱 절감하옵니다. 해와 달이 화살 같으며 광음이 어찌 사람을 기다리리오. 젊음이 있으면 반드시 늙음이 있게 마련, 만물의 무상함은 어쩔 수 없다오. 옛 성인들이 생사를 초탈하는 방법이며 견성하여 성불하는 방법을 찾아냈거니 삼세의 여러 부처님도 다 부모님이 낳아준 몸, 저마다 재주 갖춘 사람이라도 집에서 효도하는 것만으로는 도를 이룰 수 없다고 말하였소. 성인 현자 천만이나 저마다 달관하여 부모님의 은혜 떠나고 애욕을 끊어 법의 그릇을 이루었거늘, 옛 성인들도 이러했거늘 하물며 나 같은 미천한 인간임에야. 무릇 수행자라면 밝은 달처럼 티끌 한 점 없어야 하고, 자성이 부처임을 믿어야 성불하는 법, 거문고나 뜯고 바둑이나 두고 책이나 읽고 서예나 익혀 명리를 얻어 비단옷 두르고 관직에 앉아 금은보화 가득한 고대광실에서 처자 권속 거느리고 주지육림 속에 온갖 쾌락 맛볼 수 있다지만 그것은 한낱 세간의 부귀에 지나지 않음이오."

묘선의 설명에 대신 중 누구 한 사람 말을 가로막지 못하였다. 자신들의 논리보다 더 설득력이 있기 때문이었다. 묘선 공주는 틈을 주지 않고 계속 말하였다.

"일단 명이 다하여 명토(冥土)에 혼이 들어가더라고 고통을 받게 되는 법, 죽은 시신이 호화로운 관에 들어가 장례 후하게 치름을 받고 춘추로 제사를 받으매 그것은 효심을 보여주는 데 지나지 않은 것이오. 그러나 그것도 죽은 이에게 죄를 보태주어 삼악도의 업을 만드는 것이오. 그대들은 죄와 복의 윤회와 인과응보를 믿지 않으니 옳은 죽음은 맞지 못할 것이오. 생명은 어디서 오는 것이고 죽어서는 어디로 가는 것인지를 모르고 있으니 정녕 꿈에 벼슬하는 것에 지나지 않음이오. 거스르면 화를 내고 찬양하면 기뻐하며 부귀를 중히 여기기를 금옥같이 하고 빈천 보기를 분토같이 하며 남이 뭔가를 얻게 되면 번뇌에 빠지고 남이 뭔가를 잃으면 기쁨에 젖어 있으니 그대들 양심이 어디에 있는 것이오. 입은 바로 가졌으되 마음은 바로 가지지 못하였고, 말은 깨끗하나 행동은 깨끗지 못하고, 책은 읽었으나 예의는 알지 못하니 이 어찌 군자의 도리라고 할 수 있으리오."

대신들은 대답할 말을 찾지 못하였다. 모두 입을 열지 못하고 맥이 빠져 서 있을 뿐이었다. 조정의 대신들은 할 수 없이 궁중으로 돌아와 국왕에게 사실대로 보고하였다.

공주 허리 굽히고 산문에 들어서네
종고루(鐘鼓樓)에서 종과 북 울리니
종소리 북소리 하늘에 퍼지네
공주 걸음을 이끌어 성전에 들어서니
향불 올리고 삼존을 예찬하네

성인 현자 이 땅에 환생하였는가
산문의 승려보다 훨씬 낫구나
나무관세음보살

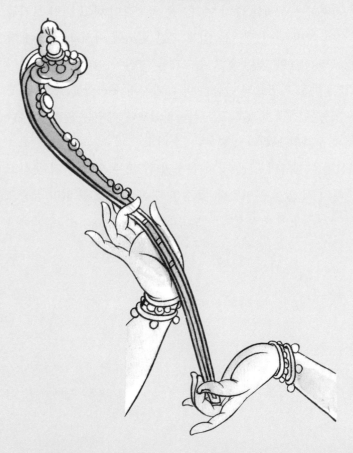

공양간에 들어 밥짓고 빨래하니
뭇사람이 놀라다

새들이 우짖고 꽃들이 만발한 봄이었다. 백작선사로 가는 데 더없이 좋은 봄날 길이었다. 묘선 공주는 상큼한 공기를 마시며 쉬지 않고 걸었다.

오리 길 번개처럼 지나고
십리 길 구름같이 흘렀구나
산에 올라 날 저물면 쉬어 가고
다리에 지친 몸 기대어 숨 돌리며
긴 여정 어느새 여주 땅에 이르렀네
버드나무 우거진 성 안 정치 구경 않고
공주 일심으로 길만 걷네
공주 맞이하는 여주의 비구니들
저마다 그녀의 도심(道心) 찬탄하네

한 나라 국왕의 셋째 딸
수행 발원하고 여주에 온다네
백작선사 바로 눈앞이라
공주 허리 굽히고 산문에 들어서네
종고루(鐘鼓樓)에서 종과 북 울리니
종소리 북소리 하늘에 퍼지네
공주 걸음을 이끌어 성전에 들어서니
향불 올리고 삼존을 예찬하네
먼저 부처님께 경건히 절 올리고
그 다음 오백 비구니에게 절 드리니
비구니들 경탄에 마지않네
예향 예불 모르는 것 없고
몸가짐 또한 지나침이 없으니
성인 현자 이 땅에 환생하였는가
산문의 승려보다 훨씬 낫구나
나무관세음보살

묘선은 절에 들어와 향을 피워 참배한 후, 곧 물러 나와 여러 비구니에게 인사를 하였다. 한 비구니가 묘선을 주지스님에게 안내하였다. 인사를 올리고 난 다음 차를 마시고 나자마자 주지가 묘선에게 말하였다.

"그대는 나라의 금지옥엽이오. 이 거친 산에는 서민 여인들이 비구니로 있는지라 숙식을 함께 하자면 불편한 점이 많을 것입니다."

묘선이 공손하게 말하였다.

"도를 배우는 것은 마음을 닦자는 것인데 어찌 귀천을 가리고 불편을 따지겠습니까."

그러자 주지가 왕궁으로 돌려보내라는 국왕의 밀지를 생각하며 왕궁과 절 생활을 비교하여 말하였다.

"그대는 성진(星辰)이 어지러워진 까닭에 마음이 말을 듣지 않아 부왕의 명을 거역하게 된 것이오. 출가한다는 명분으로 절에 와서는 절의 허물을 들춰내어 부처님을 비방하고 불법을 헐뜯는 게 바로 악인들이오. 궁중에서 부마를 삼는다면 부귀영화는 그대로 보장될 것이고, 청춘도 헛되이 보내지 않을 것이며, 만사도 뜻대로 마음대로 될 터, 이런 좋은 일이 어디 있겠소. 노승이 있는 이곳에서는 헌 누더기를 걸치고, 멀건 죽을 먹기 일쑤이고, 게다가 적적하고 쓸쓸하기 짝이 없는데, 무얼 하러 이런 곳으로 온단 말이오."

묘선이 차분하게 대답하였다.

"죽을 먹어도 마음이 깨끗하고, 적막하고 쓸쓸해도 마음이 고요하지요. 이 절 이야기는 오랜 전에 들었는데 오백 분의 비구니들 모두 관리나 부잣집 딸들이고, 지혜롭고 총명하여 인과응보의 도리를 알고, 행동 또한 가볍지 않다고 들었습니다. 오백 분의 비구니들이 모두 나이 어린 처자들인데 만약 그녀들을 모두 환속시키어 시집가게 할 수 있다면 저도 왕궁으로 돌아가겠습니다."

백작선사 주지는 얼굴을 일그러뜨리며 말하였다.

"그대의 식견은 하늘의 도리에 어긋나는 것이외다. 공주 한 사람 때문에 우리 절 오백 명의 비구니가 그대와 함께 고통을 당해야 하다니 기가 막히오. 노승은 이 절에 들어온 지 서른 해가 더 되었건만 지금까지 이 산문에 재화가 떨어진 걸 보지 못했소이다. 그대 공주와 부왕 간의 갈등이 우리 산문과 무슨 상관이 있다는 것인지 답답한 일이오."

묘선이 소리 없이 웃으며 대답하였다.

"모름지기 스님은 크게 화합하고 두루 덕(德)을 갖추어야 하오. 이를 출가인의 도라 하였습니다. 그런데 주지스님은 지혜가 얕아 견해를 옳게 가지지 못하였고, 몸은 비록 출가하였다 하지만 마음은 도를 깨치지 못한 것 같소이다. 옛 성인들 가운데는 제 몸을 주린 호랑이에게 먹이로 준 이도 있고, 제 살점을 베어 내어 날짐승을 먹인 이도 있음을 어찌 모르고 계십니까. 그리고 제 몸을 태워 전신을 바친 이도 있지요. 그들은 심신을 바쳐 더없는 깨달음을 얻은 것입니다. 스님은 몸과 마음을 아끼고 탐욕을 버리지 못하고 있는데 이러고서야 어찌 수행하여 도를 깨칠 수 있겠습니까. 자신을 버리고 남을 이롭게 하는 것이야말로 승려 본연의 도리요. 자신을 위하고 남을 해치는 것은 부처님을 따르는 제자의 예의가 아니지요. 지금 당장 절을 불사르려고 오지도 않았는데 지레 짐작하고 당황하여 어찌할 바를 모르고 있으나 스님은 실로 도를 이루려는 마음이 있는지 알 수 없습니다."

주지는 한숨을 쉬며 말하였다.

"야단났구나. 야단났어. 하늘의 재앙을 떨어지려 하는구나. 허공이 반드시 반응을 보일 터인즉 이 일을 어찌하나."

그러더니 법당으로 나아가 스님들과 대책을 의논하였다. 그런 뒤에 다시 묘선 공주를 불러 말하였다.

"출가하면 한가하고 자유롭다고 생각하지 마시오. 노승의 절에서는 귀천을 가리지 않소이다. 여기로 출가한 이상 노승이 시키는 대로 따라야 합니다. 먼저 공양간에서 일해보고 견딜 수 있다면 여기 머물도록 하시오. 부지런히 서둘러 물 긷고 밥 짓고 반찬 만들고 그릇과 가마솥을 닦으시오. 또한 차 따르고 과일 챙기고 향 피우고 물 갈아주고. 처소 청소하고 꽃 꽂고 종 치고 북도 울려야 하오. 이 모든 일을 그대 혼자서 감당해야 하는데 잘못하다가는 회초리 맞고 절에서 쫓겨나게 됩니다. 이런 일을 사전에 미리 말씀드리는 것이니 잘 판단하기 바라오."

묘선은 주지의 명을 다 받아들였다.

'이 모든 일을 달갑게 하렵니다.'

주지가 나가고 난 뒤, 묘선 공주는 곧 커다란 공양간으로 들어갔다.

주지의 말대로 큰 일 작은 일 할 것없이 공양간의 일이 모두 그녀에게 맡겨졌다.

다음 날도 마찬가지였다. 묘선 공주는 하루 종일 허리를 펼 사이도 없을 정도로 일을 계속하였다. 그러니 그녀의 몸은 곧 초췌해졌고, 입술은 어느새 마르고 부르텄다. 그래도 묘선 공주는 조금도 원망하는 마음을 내지 않고 즐겁게 일을 하였다. 힘들 때마다 그녀는 하늘에 기도를 하였다.

"소녀에게 법력을 주십시오. 이 몸 다하여 여러 스님들을 섬기리다. 만일 불과(佛果)를 얻어 보리 이루면 하늘의 은혜 잊지 않으리다."

묘선 공주는 비록 공양간에 몸을 두었지만 보리심은 더욱 굳세어졌다. 부엌의 신인 조왕신이 묘선 공주의 보리심에 감동하여 옥황상제에게 공주의 사정을 아뢰었다.

조왕신의 보고를 받은 옥황상제는 크게 기뻐하며 속히 백작선사로 자신의 권속을 보내었다. 그들에게 공주의 일을 나누어 맡도록 하였다.

동해의 용을 시켜 공양간 옆에 우물을 파게 하였다. 산짐승들에게는 숲 속에서 땔나무를 물어 오게 하였고, 날짐승들에게는 반찬거리를 물어 오게 하였다. 공양간의 일들을 천신(天神)과 지신(地神)들이 도와주닌 묘선은 유유자적하였고, 이에 절의 비구니들은 몹시 놀랐다.

그들은 잘못하다가는 자신들에게 무슨 해가 오지 않을까 싶어 급히 왕궁으로 노승 세 명을 보내어 이 일을 알리게 하였다.

"부처님께서는 설산에서 수행을 하셨고 저는 백작산으로 출가하였으니
부처님은 우리의 조상이시고 저는 부처님을 따르는
어린 후손입니다. 속세의 고난을 겪는 모든 중생을 제도하시는
부처님께서 저의 재앙도 막아주옵소서."

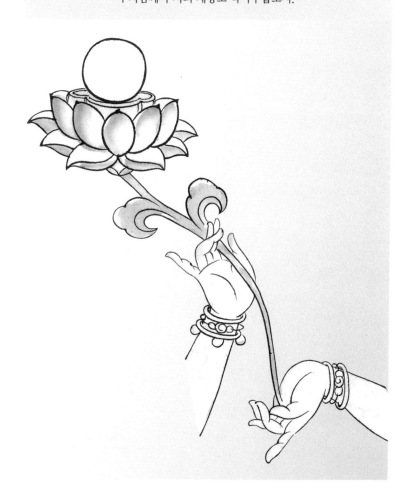

분노한 국왕, 절간에 불지르니
간절한 기도로 불길을 끄다

　세 명의 노승은 바랑을 메고 서둘러 궁궐로 향하였다. 그리하여 궁궐에 도착해서는 국왕을 만나기 전에 한 신하에게 그간에 일어났던 묘선 공주의 이야기를 하였다. 무슨 힘든 일을 시키든 천신과 산신과 지신이 도와주어 척척 해내니 백작선사 비구니들로서는 어쩔 수가 없다는 보고였다.

　노승들의 얼굴은 모두 납빛이 되어 국왕에게 바칠 상소문을 들고 신하를 따라 어전으로 들어갔다. 그들의 다리는 벌써 덜덜 떨고 있었다.

　마침 국왕이 조회를 보기 위해 어전으로 나가고 있었다. 신하 명찬이 그 상소문을 받아서 펼쳐들고 읽었다. 상소문을 다 들은 국왕은 대뜸 노기를 띠고 좌우 신하들에게 큰 소리로 호령하였다.

　"당장 저 비구니들을 잡아 가두어라. 당초에 저자들에게 공주년을 잘 설득시켜 왕궁에 돌려보내라 하였거늘 이제 와서 게 무

슨 요사스런 말이냐. 그러고도 너희들이 과인의 백성이라고 할
수 있겠느냐."

국왕은 그 자리에서 신하 중 가장 용맹한 장수 하나를 불렀다.

"그대는 어서 군마를 거느리고 여주 백작선사로 단숨에 달려가
산문을 닫아 걸거라."

"네. 대왕마마."

"그런 다음 불을 지른 후, 땅을 파서 그곳을 못으로 만들어 절
의 흔적을 없애버려라. 알겠느냐."

"신 분부대로 하겠나이다, 대왕마마."

장수는 국왕의 명을 받들어 우렁차게 대답한 후, 궁궐을 나왔
다. 그는 즉시 북을 크게 치고, 징을 여러 번 울려 병사들을 집결
시킨 다음, 전쟁에 임하듯 깃발을 앞세워 백작선사로 달려 나아
갔다.

이때의 정경이 다음과 같은 게송으로 전해지고 있다.

뜬구름 조각조각 흩날려도
달은 교교히 천 강에 비치는구나
절에 불 놓으라는 명 받은 장수
병사를 거느리어 기세 좋게 달려가네
화약 소리 우레같이 울리고
징 울리고 북 치며 길을 떠나네

범같이 생긴 갑옷 입은 장수

칼을 휘두르며 증오심을 다지네

깃발과 창 숲을 이루고

병사의 긴 행렬 궁성을 나서네

여주 백성 그 기세에 겁먹으니

성 안에 울음소리만 높다네

백작선사에 도착한 병사들

물 샐 틈 없이 절을 에워쌌네

불화살 불기둥 하늘에서 떨어지는가

화약 터지는 소리에 땅 울리고 하늘이 불타는 듯

불이 붙어 불길 치솟자

국왕의 사자 왕명 전달하네

절 안의 비구니와 공주

하나 남김없이 불태워 죽이라

하나라도 놓치게 되면

구족(九族)을 멸하고 가족을 몰살하리라

명 받은 병사들 독이 올라

인정사정 돌보지 않네

불길 솟구치고 바람 세찬데

말들이 울부짖고 귀신들도 놀라는구나

절 안 노승들 놀란 채 허둥지둥

주지스님 피신할 곳 없구나

이때 공주의 심정 괴롭기만
나 때문에 백작선사 화를 입구나
땅을 치고 통곡한들 무엇하리
자비로운 부처님께 기도하리라
소녀 부처님 받들어 제자 되리니
오직 도 깨칠 한 생각뿐이나이다
오늘 부왕이 악한 마음으로
백작선사 불질러 없애려 하니
제 한 몸 당하는 것은 괜찮은데
불법에 귀의한 스님들이 애석하나이다
자비로운 부처님 혜안으로 살피시어
저들을 구하도록 소녀에게 법력을 주소서
백작선사가 불타지 않게 해주신다면
훗날 부처님 은혜 저버리지 않으리다

절 주위에 불길이 확확 일고 온 산에 연기가 자욱이 덮이자, 절의 비구니들은 아우성을 쳤다. 어떤 비구니는 묘선 공주를 원망하기도 하였다. 묘선은 계속해서 기도를 하였다.

"삼세 제불께 슬픔을 머금고 간절히 기도하나이다. 영산의 부처님, 사생의 자부(慈父), 만덕(萬德)의 석가세존, 여러 겁을 마음 닦아 증과(證果)를 얻고 육통(六通)을 구비하신 부처님, 자비와 은혜는 부모님보다 크고 깊어 대지의 중생들을 한 자식처럼

대해주시나니 소녀는 묘장왕의 딸로서 불법을 깨치고자 불문에 들어와 뭇 스님과 함께 수행하는 자입니다. 부왕께서 왕궁으로 데려가려다 뜻을 이루지 못하자 이 절에 불을 놓았나이다."

묘선은 숨을 깊이 들이마신 후 다시 기도를 하였다.

"그러하오니 부처님께서 자비를 베푸시어 저의 기도를 들어주고 원을 풀어주옵소서. 저는 묘장왕의 딸이옵고 부처님은 가필라국의 왕자이옵니다. 부처님께서는 왕성을 떠나셨고 저는 왕궁이 싫어서 나온 몸입니다."

한번 터져 나온 공주의 기도는 물 흐르듯 하였다.

"부처님께서는 설산에서 수행을 하셨고 저는 백작산으로 출가하였으니 부처님은 우리의 조상이시고 저는 부처님을 따르는 어린 후손입니다. 속세의 고난을 겪는 모든 중생을 제도하시는 부처님께서 저의 재앙도 막아주옵소서."

묘선은 이렇게 기도를 하고 나서는 머리 꽂았던 대나무 비녀를 뽑아 피로써 결연히 맹세하듯 자신의 입 안을 찔렀다. 그러고는 입 안에 고인 피를 허공에 내뿜었다.

그제야 절은 부처님의 신통력에 의해서 지켜졌다. 검은 구름이 몰려오더니 세찬 비가 쏟아져 내리었다. 한참 비가 내린 후에 해가 다시 뜨자 하나도 손상된 데가 없는 불전과 누각들이 드러났다. 그때의 정경을 그린 게송은 이렇다.

대숲이 아무리 빽빽해도 흐르는 물 막지 못하고
산이 아무리 높아도 나는 구름 멈추지 못하리
절의 모든 비구니들 통곡하는 가운데
비명 소리 원망 소리 그치지 않네
눈 들어 하늘 봐도 올라갈 길 없고
고개 숙여 땅을 봐도 숨어 들어갈 길 없네
비구니들 넋 잃고 통곡하며
제정신 하나도 없더라
공주가 허공의 부처님께 기도하나니
부처님이시여 이 스님들 구해주소서
입 안 찔러 공중에 피 뿌리니
당장 하늘이 감응하여
검은 연기 검은 구름으로 변하고
붉은 피 비가 되어 억수로 쏟아지네
불전 누각 한군데 타지 않고
그 모습 그대로 있어
비구니들 환희에 차 어쩔 줄 모르니
그제야 공주가 범인 아님을 아는구나
병사들 그 광경에 하는 말
공주야말로 요괴가 분명하구나
병사들 말머리 돌려 궁궐로 돌아가
사연을 국왕께 아뢰더라.

비구니들은 묘선에게 몰려가 감사의 기도를 하였고, 병사들은 감히 그녀에게 다가서지 못하였다. 이윽고 병사들은 말머리를 돌려 궁궐로 돌아가고 말았다. 아무리 날랜 장수라 하더라도 묘선을 대적하여 이길 수 없을 것 같았기 때문이었다.

예상보다 빨리 돌아온 장수에게 국왕이 물었다.

"그대는 어이하여 이토록 급히 돌아왔는가."

장수가 무릎을 꿇고 아뢰었다.

"소신 죽을 죄를 지었나이다. 불을 질렀을 때는 연기가 하늘을 뒤덮고, 불기둥이 땅을 진동하여 눈을 바로 뜰 수가 없었습니다. 그런데 공주께서 무슨 도술을 부렸는지 갑자기 비가 쏟아지면서 불을 꺼버렸사옵니다. 이윽고 구름이 걷히더니 비가 그치고 햇살이 가득한 가운데 절은 하나도 상한 데 없이 그대로 남아 있었사옵니다."

"뭐라고. 뭐라고 했느냐."

"소신은 하나도 거짓 없이 본 대로 말씀드렸사옵니다. 왕명을 지키지 못한 죄가 산처럼 크오니 어서 죽여주옵소서."

"아니다. 지금은 그대의 죄를 논할 자리가 아니다."

국왕은 분기 탱천하여 턱을 부들부들 떨었다. 죽여달라는 장수의 말은 흘려버리고 묘선에 대한 증오심으로 천둥처럼 소리를 질렀다.

"그년이 필시 요괴임이 틀림없으렷다. 여봐라, 급히 병사들을 더 보내어 그년에게 칼을 씌워 형장으로 끌고 가라. 우환거리를 그대로 두었다가는 반드시 후환이 있으리라."

"대왕마마, 즉시 시행하겠사옵니다."

국왕의 명에 따라 장수는 즉시 독수리가 참새를 번개처럼 낚아채듯 묘선 공주를 잡으러 갔다.

육신은 땅 속에 묻히고 혼백은 염라전에 들어가는 것을.
이 생의 허무함이란 꽃잎의 이슬이요,
물위의 부평초, 풀대의 먼지와 같거늘
죽는 고통은 피하기 어려운 법, 한 몸 던져 수행하면
필연코 불과(佛果)를 얻고 보리를 이루리니

왕비가 눈물로써 결혼할 것을 호소하다

　왕비는 시녀로부터 얘기를 전해듣고는 어쩔 줄 몰라 당황하였다. 왕비는 허둥지둥 궁궐로 나아갔다. 국왕에게 입궐한다는 사전의 절차도 무시하고 서둘러 달려갔다. 그러고는 국왕 앞에 엎드려 말하였다.

　"오늘 목숨을 내걸고 입궐하였나이다. 작은 딸애를 사면하여 주옵소서. 묘선이 불효하여 어전에 죄를 지었습니다만 어리석으나마 한 가지 계책이 있어 청을 올리나이다."

　국왕은 왕비의 눈물 어린 호소를 무조건 외면할 수는 없었다.

　"계책이란 것이 무엇이오."

　"마땅한 자리에 꽃으로 장식한 누각을 하나 만들어주옵소서."

　"그리하면."

　"궁녀들과 두 공주, 두 부마와 더불어 그곳에서 조곡을 울리며 의식이라도 치르겠나이다."

"누구를 위해 의식을 치르겠다는 것이오."

"묘선이를 누각 아래로 지나가게 하옵소서. 그 애가 그토록 슬픈 광경을 보면, 마음을 돌리지 않겠사옵니까."

그러나 국왕은 이미 별별 방법을 다 써보았으므로 소용없을 것이라고 코웃음을 쳤다. 고개를 저으며 왕비를 가련하게 쳐다보기만 할 뿐이었다. 그럴수록 왕비는 더욱 울음 섞인 말로 사정하였다.

"묘선이 누각까지 와서 저를 보기만 한다면 생이별을 막을 수도 있을 것이옵니다. 마마, 이러한 저의 청을 들어주옵소서."

국왕은 왕비의 말대로 남쪽 성 밖에 세 곳을 정하여 단청을 한 누각을 세워주었다. 모두 다 국왕의 명대로 슬픈 꽃으로 장식한 누각이었다.

이때가 홍림국 묘장 36년 갑신 7월 15일이었다.

왕궁의 왕족과 여러 신하들은 다가올 공주의 죽음을 슬퍼하며 예를 갖추어 정갈한 음식을 차려놓았다. 그러고는 미리 조문을 읽어 내려갔다.

.

공주님, 불문에 귀의할 마음뿐, 왜 세속에는 무심하옵니까. 그러면 공덕이 허공에 가득 차고 덕행이 고금을 초월하옵니까. 세월이 흐르매 윤회를 벗어나고자 부모님 마음을 거스르니 한창 꽃다운 나이에 바람 불어 꽃봉오리 떨어지듯, 촛불이 다 타서 어둠이 짙어가듯, 향이 타서 재로 변하듯, 궁궐을 떠나 아침 이슬같이 황천길로 가시다니 애통하기 그지없사옵니다. 신들은 이러한 결별을 애통해하여 침통한 마음 다소나마 다스리고자 제물을 차려놓고 공주마마께 바치오니 이 마음들 받아주옵소서

때마침 묘선공주를 잡은 병사들은 그녀의 목에 칼을 씌운 채 왕궁으로 압송하는 중이었다. 묘선의 몸은 비참하였다. 얼굴은 병사들에게 검댕 칠을 당하여 더러워져 있었고, 두 발은 무거운 쇠사슬로, 두 손은 단단한 호송 줄로 묶여 있었다.

어느새 묘선은 조화로 장식한 누각을 지나게 되었다. 누각 주위에는 상복을 입은 백성들이 몰려 나와 향을 피우며 지전(紙錢)을 사르고 있었다. 묘선이 이상하게 여기어 물었다.

"무슨 곡을 저리 슬프게 하고 있습니까."

"공주님이 황천길에 잘 들도록 하느라고 곡을 하고 있나이다. 헤헤헤."

호송하고 있던 한 병사가 묘선에게 조롱하듯 말하였다.

왕비는 누각에서 지나가는 묘선을 보더니 외마디 비명을 지르고는 혼절하여버렸다. 그러자 묘선을 압송하던 병사들도 돌발 사태에 당황하여 걸음을 멈추었다.

"왕비마마께서 위급하시다. 걸음을 멈추어 조용히 하라."

왕비는 한참 후에야 시녀의 부축을 받으며 일어났다. 왕비는

하염없이 눈물을 흘리면서 묘선에게 말하였다.

"총명한 묘선아, 부모의 큰 은혜는 생각지 않더라도 부모의 마음은 헤아려야 되지 않겠느냐. 부모의 마음은 앉으나 서나 자식 생각뿐, 옆에 있어도 그렇고 멀리 떠나 있어도 그렇단다. 에미 된 마음은 백 살이 되어도 여든 살 된 자식을 걱정하는 법이니라. 부모의 마음을 안다면 사랑이 다하고 목숨이 다할 때 이별하자꾸나. 왕궁으로 돌아와 부왕의 말씀대로 부마를 맞아들이자꾸나. 무엇이 좋아서 이렇게 칼을 쓰고 쇠사슬을 차고 군졸들의 압송을 받고 있단 말이냐. 너를 두고 사람들 앞에 고개를 들 수 없구나. 에미 말을 듣지 않으면 황천으로 가는 수밖에 없으니, 죽지 않고 살고 싶거든 마음을 고쳐 먹고 궁궐로 돌아가 부마를 맞아들이겠노라고 부왕께 여쭈어라."

그러나 묘선은 왕비의 말을 반박하였다.

"소녀 이렇게 들었습니다. 고경(古經)에 이르기를 애착이 있으면 번뇌가 일어나고, 애착이 다하면 번뇌가 소멸한다고 했습니다. 세상 사람들 저마다 삶에 애착을 가지고 있으니 어찌 한탄하지 않겠습니까. 육신은 땅 속에 묻히고 혼백은 염라전에 들어가는 것을. 이 생의 허무함이란 꽃잎의 이슬이요, 물위의 부평초, 풀대의 먼지와 같거늘 어머님께 말씀드리오니 죽는 고통은 피하기 어려운 법, 시기 놓치지 마시고 하루라도 빨리 앞길을 분별하소서. 자식이 아무리 효도한다 한들 어찌 무상을 극복할 수 있겠사옵니까.

한 몸 던져 수행하면 필연코 불과(佛果)를 얻고 보리를 이루리니 소녀는 왕궁으로 돌아가 부마 맞기를 원치 않사옵니다."

왕비가 동생을 설득시키지 못하자, 이번에는 누각에 있던 언니 묘서와 묘음이 포승줄에 묶인 묘선에게 다가갔다. 묘서와 묘음도 동생의 몰골을 보고는 눈물을 흘리었다.

"묘선아, 이 무슨 꼴이냐. 너를 보는 내가 부끄럽기조차 하구나. 어서 생각을 바꾸어 네 목숨을 부지하기 바란다."

두 언니 공주는 묘선에게 타박만 들었다.

"언니들, 나 때문에 걱정 마시오. 삶이 있으면 죽음이 있게 마련인데 두려울 게 뭐예요. 세상 사람들은 살기를 원하지만 나는 죽기를 원해요. 언니들 거기 있지 말고 어서 왕궁으로 돌아가시오."

잠시 후에는 왕비의 명을 받은 궁녀들까지 설득하기 시작하였다.

"아무것도 부러울 게 없는 좋은 시절에 무슨 수행을 한다고 그러십니까. 나중에 나이 들어 귀먹고 눈이 어두워지고 허리가 휘어질 때, 그때 가서 부처님을 믿어도 늦지 않사옵니다. 공주마마, 부디 고집 부리지 마시옵소서. 예전처럼 가마 타고 관 쓰고 비단 옷에 금 비녀 꽂고 저희들 시중 받으며 사시는 게 도인 되는 것보다 낫지 않겠습니까. 왕궁으로 돌아가시어 성례를 올린다면 공주마마도 기쁘고 충효도 이루는 것이니 두루 다 좋을 것입니다. 그러하시면 들썩거리는 세상 인심도 가라앉힐 게 아니옵니까."

이번에도 묘선이 궁녀의 말을 잘랐다.

"아니다. 어마마마께 말씀드린 대로 나는 나의 길을 갈 것이다."

"사후에는 후손들이 제사를 지내줄 것이고, 음택(陰宅)도 정성 들여 지어드릴 것입니다. 친자식치고 선조를 모시지 않는 사람이 어디 있겠습니까. 그런데 어디로 가서 무슨 불도를 닦겠다고 그러시옵니까."

묘선이 더욱 단호하게 말하였다.

"바닷물이 마르고 태산이 허물어진다 해도 도심은 버리지 못할 것이오. 지금이 바로 도를 위하여 한 몸을 버릴 때인데 어찌 삶에 애착을 가지고 공포에 질려 있으리. 인간은 태어나면 반드시 죽는 법이니 영원히 속세에 머물지 못하리라. 나는 어서 죽어 삼계를 벗어나고 육도 윤회를 벗어나기를 바라고 있소."

궁녀들은 하나같이 묘선의 말을 이해하지 못하고 고개만 저을 뿐이었다. 묘선은 하던 말을 마저 하였다.

"무릇 인간은 천성이 총명하여 미혹에 빠져 있던 자라도 깨치 기만 하면 성불하는 법, 한 몸 버리면 누구나 불과를 얻을 수 있으리. 이와 같이 불타는 집과 같은 속세를 벗어날 수 있으니 어찌 즐겁지 않으리. 그러나 그대들은 모두 죽음의 고통을 면치 못 할 것이니라. 그때 가면 의지할 사람도, 숨을 곳도 없을 것이니 어서 빨리 수행하여 자신을 구하시오. 그래야 지옥의 고통을 면 할 수 있을 것이오."

왕궁에서 지금까지의 상황을 다 보고받은 국왕은 장탄식을 하였다. 아무리 회유하여도 꿈쩍 않는 공주였으므로 어찌 해볼 도리가 없었다. 그러나 아버지로서 마지막 기회를 주고 싶었다. 자신을 낙담시킨 묘선의 꼴을 다시는 쳐다보고 싶지 않지만 아버지와 딸이라는 인륜의 끈을 끊기 전에 마지막으로 기회를 주고 싶었다.

"구슬이라도 입에 머금고 있으면 누가 보물인 줄 알랴. 종과 북을 누각에 달아놓고 치지 않으면 소리가 나지 않는 것과 같은 이치니라. 옛적에 이르기를 어버이가 자애로우면 자식이 효도하고, 어버이가 자애롭지 못하면 자식도 효도하지 않는다고 하였다. 오는 정이 있어야 가는 정이 있듯이 자비와 효성도 그러느니라. 오늘 다시 한번 짐이 가서 그 애의 마음을 돌려 세우고 부마를 맞이하게 하리라."

국왕은 곧 감옥으로 친히 나아가 묘선 공주 앞에서 말하였다.

"자애로운 어머니의 은혜는 대지와 같고, 엄한 아버지의 위엄은 하늘과 같으니라. 아버지의 엄한 훈계를 듣지 않는다면 짐승과 무엇이 다르겠느냐. 두 언니를 봐라. 나의 말에 순종하여 부마를 맞이하였기에 그 즐거움이 신선 못지않으니라. 너처럼 목에 칼을 쓰고 발에 쇠사슬을 찬 채 누려야 할 영화를 외면하고, 달갑게 죄인이 되려 하니 두 언니와 어찌 비길 수 있겠느냐."

무거운 칼을 쓰고 있는 묘선이 불쌍하여 국왕은 혀를 찼다.

"쯧쯧쯧. 이 세상에는 부부의 정분보다 더 좋은 것은 없느니

라. 부부의 사랑은 산보다 높고, 바다보다 깊은데 너는 어찌하여 옛날 성인들의 말을 듣지 않느냐."

묘선은 부왕의 얘기를 듣고 나서는 칼을 쓴 탓에 고개를 힘겹게 들고 말하였다.

"아바마마. 정각을 이루지 못하고 사심이 불붙듯 하면 도(道)를 지닌 영명한 임금이라고 할 수 없나이다."

"네가 이제는 애비를 가르치려 드느냐."

"수미산이 산산조각이 나고 대천세계가 없어지는 날이 있더라도 부마를 맞지 않으리니 그 말씀 더는 꺼내지 마옵소서."

묘선의 생각이 조금도 변할 기미가 없자, 국왕은 다시 버럭 화를 냈다.

"은혜를 모르는 년 같으니. 부마를 맞아 왕위를 계승하라는데 그 이상 영화로운 일이 이 세상에 어디 있다고 그러느냐. 자라 등에 털이 나고, 토끼 머리에 뿔이 돋았다는 것처럼 그런 얼토당토 않은 소리 집어치워라. 물속의 달이요, 거울 속의 그림자 같은 그런 헛된 말을 누가 곧이 듣겠느냐."

"허한 것이 실한 것이요 실한 것이 허한 것이나이다. 도를 안다면 이 이치도 알게 될 것이옵니다."

"너는 봄에 핀 꽃 같고, 아직 여린 풀인데 어찌 겨울의 풍상을 이겨낸단 말이냐."

"꽃은 피고 시들지만 뿌리는 썩지 않나이다."

"너의 그 가녀린 체질로 어찌 고된 수행을 견뎌낸단 말이냐."

"허깨비 같은 껍데기는 단단치 못해도 진성(眞性)은 깨지지 않나이다."

국왕이 다시 소리 지르며 부르르 떨었다.

"그래, 네 년의 몸이 무쇠라 하자. 그래도 용광로 같은 형법은 당해내지 못하리라."

칼의 무게에 자꾸 처지는 고개를 들며 묘선 공주도 결코 지지 않았다.

"순금은 불을 무서워하지 않나이다. 보석 또한 바다에 들어가도 짠 바닷물에 결코 절지 않는 법이옵니다."

묘선은 말을 계속 이어갔다.

"아바마마, 영을 내렸으면 신하들이 그대로 실행에 옮겨야 할 것입니다. 오경이면 닭이 울 것이니 아바마마 귀기울여 들으옵소서. 아바마마, 집안을 다스리지 못하고서야 어찌 나라를 다스릴 수 있겠나이까. 한밤중에 아버지가 자식의 처소에 들어 시집이나 가라고 강요하니 세상 사람들이 들으면 뭐라고 웃겠나이까. 구렁이가 종이 모자를 쓰고 있는 격이라고 우습고도 놀랄 일이라 하지 않겠나이까. 자식의 뜻이 다르거늘 어인 까닭에 부마를 맞으라고 이렇게 닦달하시나이까."

국왕은 묘선을 한번 흘겨보고는 거친 숨을 토하며 감옥을 나가 버렸다.

사형 간수 손에 칼을 틀어잡고
이 악물고 눈을 부릅뜬 채
두 손에 힘주어 칼을 휘두르는데
공주 머리 위에 부처님 빛 서기가 어리누나
공주 칼에 맞아 죽는 줄만 알고
형장에 웃음 머금고 태연히 서 있네
간수의 휘두르는 칼 동강나고
다시 칼 잡아 내리치니 손잡이 부러지네

끝내 사형을 언도 받다

마침내 국왕은 대신들에게 묘선을 참수하라고 명하였다.

"죄인 묘선을 형장으로 끌고 가 백성들이 지켜보는 앞에서 참하라. 유비무환이라 했거늘 일찍 요절을 내야만 후환이 없을 것이다."

"대왕마마의 분부대로 거행하겠나이다."

"살려두면 두고두고 요괴의 기운이 퍼져 세상을 어지럽힐 것이다. 당장 형장으로 끌어내어 참수하라."

백성들이 형장으로 모여들었다. 묘선 공주가 극형을 받는다고 하니 눈물을 흘리는 사람도 있고, 구경거리 삼아 형장 가까이에 술병을 차고 자리를 잡은 사람도 있었다. 사람들이 수백 명 모여들자, 사형이 집행되었다. 공주가 아닌 신분이라면 망나니가 칼춤을 추겠지만 국왕의 명을 받은 형장의 간수가 직접 칼을 틀어쥐고 있었다.

간수의 눈은 붉게 충혈되어 있었다. 술을 마셨는지 그의 걸음은 비틀거렸다. 손에 쥔 칼이 묘선의 머리 위를 휙휙 날았다. 공포에 질리게 하였다가 목을 치기 위해서 그렇게 칼을 휘둘렀다.

묘선은 미소를 머금은 채 기도를 하였다.

'수많은 세월 동안 지은 죄 한 생각에 없어지니

마른풀이 불에 타듯 흔적조차 없어지네.

원하옵나이다. 법계의 사생 육도 중생들이 수많은 세월 동안 거듭나면서 살생한 죄업을 없애주소서. 또 저희들이 지금 참회하오며 예배하오니 모든 죄업이 다 없어지고 세세생생에 항상 보살도를 행하게 하여지이다.'

풀어헤쳐진 묘선의 머리 주위에 밝은 서기(瑞氣)가 어리었다. 칼이 목을 쳤을 때도 피 한 방울 나지 않고 더욱더 밝은 빛이 뻗치었다. 부드러운 그 빛살에 간수의 칼이 두 동강 났다. 놀란 간수가 다시 부러진 칼로 묘선을 내리쳤지만 이번에는 손잡이가 끊어져 나갔다.

"와아 와아아."

백성들의 함성에 형장을 호위하던 군졸들도 놀라 물러섰다. 형장 간수도 뒷걸음질쳤다. 도무지 믿어지지 않았다. 조용히 미소 짓고 있는 묘선을 보자, 간담이 서늘해졌다.

이때의 정경을 그린 게송은 다음과 같다.

국왕은 공주 소식에 노기가 충전하여
두 눈이 흙빛이 되어 거친 숨 토하더라
성난 채 궁궐에 돌아와
오경까지 기다려 대신들 입궐시키더니
요괴 참수하라 불같이 호령하네
일찍 죽여서 후환을 없애야지
살려두면 기가 올라 세상을 어지럽히리
형장으로 끌고 가 어김없이 참수하라

사형 간수 손에 칼을 틀어잡고
이 악물고 눈을 부릅뜬 채
두 손에 힘주어 칼을 휘두르는데
공주 머리 위에 부처님 빛 서기가 어리누나
공주 칼에 맞아 죽는 줄만 알고
형장에 웃음 머금고 태연히 서 있네
간수의 휘두르는 칼 동강나고
다시 칼 잡아 내리치니 손잡이 부러지네

군졸과 백성들 일제히 놀라거늘
공주 보통사람 아니라고 이구동성 찬탄하네
형장 간수 그 광경에 간담이 서늘해
공주 과연 요괴가 틀림없구나

즉시 왕궁에 가 여쭙는 말
상감마마 소신의 죄 용서하소서
국왕 사연 듣고 노기가 등등
상을 내리치며 불호령 내리네
칼이 들지를 않는다니
너희들이 나를 희롱하는구나

국왕은 형장 간수의 보고에 머리가 천근만근 무거워졌다. 정말로 칼이 들지 않는 사람이라면 요괴임이 분명하였다. 국왕은 조정의 대신들과 상의하여 무슨 방도를 찾아내야 한다고 생각하였다. 그렇지 않으면 내내 후환이 따를 것 같아서였다.

이때 묘선은 허공을 향하여 기도를 하였다.

'저를 죽게 하여주옵소서. 아바마마께서 노기를 풀지 않으시면 결국 천하 백성들이 불안해질 것이옵니다. 그것도 저의 잘못이 아니겠사옵니까.'

묘선이 기도를 마치자, 부처님의 감응이 뒤따랐다. 등불이 깜빡 꺼지듯 아무런 고통 없이 그녀를 죽게 해주었다.

형장 간수가 그제야 묘선에게 다가가 활줄로 가는 목을 감은 후 그녀의 죽음을 확인하였다. 그런데 그때 호랑이 한 마리가 나타나 묘선의 주검을 입에 물고는 허공으로 높이 치솟았다.

"아니, 저런 기적이."

백성들도 놀라고 군졸들도 어안이벙벙하였다. 그러나 호랑이는 한걸음에 형장을 벗어나 시다림(尸多林) 속으로 사라져 보이지 않았다.

간수는 왕궁으로 돌아와 국왕에게 자초지종을 보고하였다.

"소신 성지 받들어 공주를 목 졸라 죽였사옵니다. 하오나 시신은 곧 잃어버렸사옵니다."

"요괴가 다시 살아나기라도 했단 말이냐."

"분명 죽었사옵니다. 다만."

"다만 어쨌다는 것이냐. 사실대로 말하라."

"천지가 갑자기 캄캄해지더니 어디선가 갑자기 호랑이 한 마리가 나타나서 공주의 시신을 물고 사라졌사옵니다."

"어디로 사라졌단 말이냐."

"황망한 일이라 자세히 알 길은 없사오나 추측컨대 시다림으로 사라져버렸사옵니다."

보고를 마친 간수는 더욱 엎드려 시신을 수습하지 못한 죄를 용서해달라고 빌었다.

뜻밖에도 국왕이 웃음을 머금었다.

"짐의 마음이 천심이거늘 천심을 헤아리지 못해 불충한 인간은 죽어 마땅하리라."

국왕이 한층 부드럽게 간수에게 물었다.

"시다림은 어디에 있는가."

"황량한 골짜기에 있사옵니다. 매장해주는 사람이 없는 시신을 그곳에 버리곤 하여 시다림이라 불린다고 하옵니다."

"시신들이 석어 냄새가 진동하겠구나."

"대부분 시신은 짐승의 먹이로 사라진다고 하옵니다."

국왕은 만면에 웃음을 띠며 간수에게 하사품을 내렸다.

"그대에게 상을 내릴 것이니라. 그대가 수고한 덕분에 짐이 한시름 놓게 되었도다."

복사꽃 비에 씻겨 더욱 화사하고
수양버들 바람에 불려 더욱 휘늘어지네
공주 이제야 저승에 왔음을 알고
두 눈에 눈물 고여 흘리더라
묘연하고 캄캄하니 예가 어딘가
침침한 길 걸으니 슬픔이 가득하구나
깃발 든 동자가 길 인도하고 공주 그 뒤를 따라가네
거리도 있고 골목도 있는데 아득한 길 캄캄하여라

황천길을 걷는 공주,
지극한 기도로 원혼을 천도하다

묘선이 간 곳은 시다림이 아니었다. 묘선 공주가 호랑이 입에 물렸다가 내린 곳은 아주 낯설고 어스름이 깔린 잿빛 땅이었다. 텅 빈 사막 같은 광활한 곳이기도 하였는데 문득 멀리서 점 하나가 보였다. 그 점이 점점 다가오고 있었다. 점은 작은 동자 형상이었고, 그 동자는 깃발을 하나 들고 있었다.

이윽고 동자가 말하였다.

"누구시며, 어디서 오시는 길입니까."

"저는 묘장왕의 딸이옵고, 흥림국에서 오는 길입니다."

동자가 엎드려 여덟 번 절을 하였다.

"저는 선부(善部)의 동자이옵니다. 염라대왕 명을 받들고 왔습니다. 공주님, 수고로우나 명양전(冥陽殿)에 들리어 염라대왕을 만나십시오. 선인은 반드시 제가 맞이하고, 악인은 무서운 짐승처럼 험상궂은 야차가 만나지요. 그러니 공주님, 걱정 마시고 걸음을 옮기시어 어서 저를 따르소서."

묘선은 동자의 말에 놀랐다.

"그대는 음계의 사람인데 무엇 때문에 양계로 왔습니까."

"여기는 양계가 아니라 음계인 바로 저승이옵니다."

묘선은 다시 놀랐다.

"제가 어떻게 저승으로 왔습니까."

"공주님, 부마 맞기를 거부한 죄로 부왕의 명령에 의해 교살되었습니다. 그러나 공주님은 대자대비하고 도풍(道風)이 고결하여 삼사(三司)가 한결같이 시왕(十王)에게 아뢰어 저더러 마중 나가게 하였습니다. 공주님 두려워 마시고 어서 길에 오르시기 바랍니다."

묘선은 그제야 자신이 황천길에 들어섰다는 것을 알았다.

그때 동자를 따라가는 정경을 그린 게송은 다음과 같다.

　　복사꽃 비에 씻겨 더욱 화사하고

　　수양버들 바람에 불려 더욱 휘늘어지네

　　공주 이제야 저승에 왔음을 알고

　　두 눈에 눈물 고여 흘리더라

　　묘연하고 캄캄하니 예가 어딘가

　　침침한 길 걸으니 슬픔이 가득하구나

　　깃발 든 동자가 길 인도하고

공주 그 뒤를 따라가네
거리도 있고 골목도 있는데
아득한 길 캄캄하여라

묘선은 동자의 인도를 받으며 앞으로 계속 걸어갔다. 그때 공주는 홀연히 몇 사람의 비구니와 맞닥뜨렸다. 그들은 공주를 보자마자 우르르 몰려나와 그녀를 지옥으로 잡아끌었다. 그런 뒤에 공주에게 원망을 퍼부었다.

"당신 때문에 우리는 죄 없이 죽은 몸이 되어 여기까지 끌려와서 고통을 겪고 있소이다. 어서 우리를 이 지옥에서 건져주오."

묘선은 눈물을 흘리며 말하였다.

"나는 그대들과 예전이나 지금이나 아무런 원한이 없소이다. 그런데 왜 그대들을 해친단 말이오. 생사는 정해져 있는 법이오. 천수가 다하면 형체는 무너지는 것입니다. 자신이 지은 선과 악에 따라 과보를 받고 있는 터인즉 나하고는 아무런 관계가 없다오."

"그러하오면 공주님, 지옥의 고통을 당하고 있는 우리를 구하여주옵소서. 그 은혜 영원히 잊지 않겠나이다."

묘선이 그들의 청을 받아들여 기도를 하였다.

"거듭 발원하여 기도 드리오니 이곳의 비구니들을 고통에서 해방시켜주옵소서. 지장보살님, 자비심을 베푸시어 어서 금신(金身)을 나투소서."

기도를 마치자, 염주와 육환장을 쥔 지장보살이 허공에 나타났다. 구름을 타고 내리는데, 그 순간 지옥에는 붉은 연꽃, 흰 연꽃이 만발하였다. 공주 머리 위에 구름을 타고 선 지장보살이 입을 열어 말하였다.

"착하구나, 묘선 공주. 무슨 원이 있길래 나를 찾느냐."

묘선이 합장하고 고개를 숙이어 간절하게 말하였다.

"지장보살님, 고통받고 있는 스님들이 있사옵니다."

"어디서 온 스님들이냐."

"백작선사에서 수행하던 스님들이옵니다. 이제는 지장보살님의 자비로 스님들을 극락으로 제도하여주옵소서."

묘선이 발원하는 순간, 사방이 밝아지며 맑은 음악 소리가 울려 왔다. 지장보살은 오색의 기운 속에 앉아 있었고, 어디선가 조금씩 향기가 흘러 들어왔다. 눈부신 빛살이 지옥을 환히 비추니 험상궂은 야차는 두 손 모아 합장하고, 날뛰던 옥졸은 무릎을 꿇었다. 묘선은 허공에서 내려온 지장보살에게 말하였다.

"제가 출가한 절 이름은 백작선사이옵니다. 부왕마마께서 절에 불을 지르는 바람에 비구니 몇 명이 희생하였나이다. 그것 역시 저의 잘못이오니 지장보살님께서 자비를 베푸시어 스님들을 구제하여주옵소서."

지장보살은 묘선 공주의 원을 바로 들어주었다. 즉시 비구니들을 데리고 서방정토로 돌아갔다. 묘선도 다시 연꽃을 타고 하늘로 올라갔다. 그런데 이상하게도 음악 소리에 섞여 난데없는 울음 소리가 들려 오고 있었다.

"울음 소리는 왜 들려 오고 있습니까."

"음악 소리는 시왕전에서 들려오는 소리이고, 울음 소리는 내하강에서 귀신이 통곡하는 소리이옵니다.

묘선은 동자의 말을 들으며 하늘누각의 금 난간을 짚고 자비로운 눈길로 하늘 아래를 내려다보았다. 과연 귀신 수천만이 내 하강에서 허우적거리고 있었다. 묘선은 다시 기도를 하였다.

"강에서 울부짖는 저 귀신들도 제도하여주옵소서."

그러자 귀신들이 허우적대는 내하강에도 연꽃이 만발하였다. 잠시 후에는 귀신들이 연꽃을 하나씩 타고 앉아 극락으로 올라갔다. 이윽고 내하강은 연못으로, 야차는 동자와 선녀로 변하였다. 시왕은 기쁨을 감추지 못하고 묘선에게 기도를 더 하여달라고 하였다. 묘선은 시왕 앞에서 동자와 선녀들에게 설법을 들려주기도 하였다.

"그대들은 삼업을 청정히 하십시오. 모든 것은 인(因)에 의해서 과(果)가 생기는 법입니다. 그대들이 만약 하루 동안 선업을 닦으면 황금 세 냥을 모은 것처럼 맑은 복을 받을 수 있습니다. 일년 내내 이렇게 오계를 지키고 십선(十善)을 행하며 한마음으로 염불하고 기도하면 공덕이 무량하여 생사윤회에서 영영 벗어날 수 있습니다."

묘선의 말에 곧 시왕 앞에 있는 자들 모두가 깨달음을 얻었다. 시왕은 여러 지옥에 명을 내려 귀신들을 풀어주고 모두 와서 설법을 듣도록 하였다.

묘선은 날마다 설법을 하여 지옥을 연꽃이 만발한 극락으로 바꾸어 나갔다. 그런데 삼도대인(三途大人)이 나타나서 마침 유명전(幽明殿)에 머물고 있는 시왕에게 건의를 하였다.

"묘선 공주가 이곳으로 온 후부터 명부가 명부답지 않나이다. 여러 형구들이 모조리 연꽃으로 변하고 모든 죄인들이 극락 왕생하였나이다. 예부터 극락과 지옥이 따로 있고, 선업과 악업에 따라 과보를 달리 받는 것이 당연한 이치였사옵니다. 이런 업보의 도리가 없다면 누가 선업을 쌓겠습니까. 그러니 시왕께서는 속히 공주를 인간세계로 돌려보내시기 바라옵니다. 만일 공주를 명부에 오래 둔다면 시왕 밑에 있는 판관들이 앞으로는 할 일이 없어지게 될 것이나이다."

염라대왕은 즉시 판관들을 불러모았다.

"과인이 그대들을 부른 것은 다름이 아니다. 그대들이 가지고 있는 생사부를 보려 함이다."

한 판관이 바로 생사부를 올리자. 염라대왕은 생사부에 오른 명단을 하나하나 읽어 내려갔다. 과연 묘선 공주의 이름도 생사부 중간에 올라 있는데, 명토(冥土)를 유람한다고 씌어 있었다. 염라대왕은 속히 자신의 가마인 난가를 대기시키라고 분부하였다.

"그대들은 공주를 내하교 너머로 건네주고 오라."

　가마에 오른 묘선은 눈 깜짝할 사이에 내하교라고 불리는 금다리를 건너 앞으로 나아갔다. 다리를 건너자, 문득 백조가 우짖는 소리가 나고, 하늘을 받치고 선 붉은 문이 눈에 들어왔다. 바로 그 장중하고 우람한 문이 열리는 소리에 공주는 깜짝 놀라면서 깨어났다. 비로소 저승으로 갔던 혼백이 이승으로 돌아오는 순각이었다.

다시 인간세계로 내려와 9년을 수행하다.

묘선은 다시 인간세계에 돌아와 있었다. 정신을 차리고 보니 몸은 수풀 속에 있었고 목에는 활줄이 감겨져 있었다. 형장에 서 있던 모습 그대로였다. 묘선은 목에 감긴 활줄을 풀었다. 그리고는 주위를 살펴보니 멀리 흥림국의 궁성이 보였다. 공주는 가슴이 납처럼 무겁고 답답하였다. 그래서 높은 산 위로 올라가 널따란 바위에 앉으려 하였다.

그때 바위 옆에 서 있던 눈썹과 수염이 하얗게 센 늙은이가 보였다.

"그대는 어찌하여 이곳에 오게 되었소."

"소녀는 이 산에 암자를 지어 수행하고 싶습니다."

"참 묘한 인연이로다. 낭자와 더불어 침식을 함께 하며 부부처럼 보낼 인연이로다. 이것이야말로 하늘에서 떨어진 복이 아니겠는가. 이제 나는 그대와 더불어 부부의 인연을 맺고 백년해로 하

소나무는 소나무대로, 나뭇잎에 매달린 이슬은 이슬대로
모두가 진여이고, 흰구름이나 흰구름 너머의 달이나
그 어느 것 하나 반야가 아닌 것 없었다.
사천왕이 심부름꾼인 듯 묘선 공주를 받들고
그밖에도 여러 신들이 그녀를 돌보았다. 오가는 이 모두
부처와 보살이요. 참배하는 이 모두 아라한이요 고승이었다.

리니 이같은 낙을 세상 어디에서 찾을 것인가."

묘선은 늙은이의 말에 당황하였다.

"그 말씀은 당치 않사옵니다. 남녀유별이라 저는 초목과도 같을 것이나이다. 수행하는 데 애욕을 끊지 않고 음욕을 버리지 않는다면 천만 겁을 고행하여도 도를 이루지 못하나이다. 깨친다한들 그것은 완전치 못하여 윤회를 벗어나지 못하나이다."

늙은이가 굽은 허리를 펴며 말하였다.

"난 범인이 아니라 천상의 제석이니라. 공주가 이곳에서 수행하려는 것을 알고 여기에 왔노라. 이 산에는 악한 용 한 마리가 살고 있는데 그 악취가 하도 고약하여 도 닦을 곳이 못 되므로 내 오늘 그대에게 복덕의 땅을 가르쳐주리라."

"하늘의 제석님이시여, 저에게 복덕의 땅을 일러주옵소서."

"이 나라 끝에 향산(香山)이라는 큰 산이 있다. 그 향기로운 산에는 신선이 숨어 살고, 사자와 코끼리가 살며 상서로운 나무숲이 꽉 들어차 있느니라."

묘선은 제석의 말에 가슴이 활짝 트이는 듯하였다. 묘선은 제석에게 다시 물었다.

"그곳까지는 얼마나 되나이까."

"그리 멀지 않다. 삼천리 남짓 되느니라."

"삼천 리가 아니라 삼만 리가 된다 해도 반드시 가고 말겠나이다. 가다가 허기져 힘이 없고 걸음이 더디어 하루라도 빨리 다다

르지 못할까 그게 걱정될 뿐이옵니다.”

“나에게 장생불사의 약이 있으니 그것을 먹도록 하라, 그리하면 음식을 먹지 않아도 기가 충만하리라.”

“저는 도를 이루기만을 바랄 뿐 장생하려는 욕망은 없나이다.”

그래도 제석은 소매 속에서 붉은 복숭아 하나를 꺼내어 묘선에게 주었다. 붉은 복숭아의 크기는 주먹만하였고, 과육은 부드러웠으며, 미묘한 향기를 뿜어내었다.

묘선이 쥐고 있는 동안에도 향기가 진동하여 황천길에 다녀온 묵은 피로가 말끔히 풀리었다.

제석이 긴 수염을 건드리며 말하였다.

“이 복숭아는 속세의 복숭아가 아니라 하늘의 복숭아로서 먹으면 갈증을 모르고 허기를 모르게 할 것이니라. 또한 영원히 시들지 않으므로 언제 어느 때고 먹을 수 있어 장생불사케 하느니라.”

제석은 묘선과 작별하고는 구름 속으로 사라졌다. 그러자 그 광경을 지켜보고 있던 하늘의 옥황상제도 허공을 순찰하는 대도독이란 신하에게 묘선 공주를 돌보아주라고 당부하였다.

“공주가 향산에 무사히 도착할 수 있도록 잘 호위하도록 하시오.”

그 길로 묘선은 향산을 향해 걸어갔다. 도중에 맹수 한 마리가 몹시 배가 고픈 듯 큰 눈을 부릅뜬 채 달려들었다. 가까이 보니 틀림없는 호랑이였다. 묘선이 태연하게 말하였다.

"나는 불효녀로서 일찍이 명토에 갔다가 소생한 몸이다. 지금 향산을 향해 가고 있는데, 인연이 닿지 않아서인지 마음대로 가지지 않는구나. 불경에 이르기를 삼계는 불타는 집과 같아서 안전한 곳이 없다고 하였느니라. 나는 업이 많아 해탈을 하지 못하고 있으니 그대의 굶주림을 달래주고자 이 몸을 그대에게 바치리."

그 말에 호랑이는 갑자기 순해져서 사람의 소리로 말하였다.

"나는 향산의 산신으로 옥황상제의 명을 받아 공주를 안내하러 왔으니 내 등에 올라타시오."

묘선은 하늘을 우러러 옥황상제에게 감사를 드린 후 호랑이 등에 올라탔다. 그녀는 순식간에 향산의 현애동에 도착하였다.

동물들이 환영해주었으며, 산신인 호랑이들이 돌멩이와 나뭇가지를 물어다 팔방을 보호해주었다. 그러자 이때부터 용과 코끼리가 찾아와 참배하고, 신과 귀신들이 받들어 모시겠다고 다짐하였으며 원숭이가 과일을, 봉황새가 꽃을 물어다 주었다.

이런 경치 속에서 몸을 닦으니 자연히 마음이 청정해지므로 도를 깨치고 유유자적하지 않을 수 없었다. 마음의 근심, 육신의 허기와 갈증이 영원히 생기지 않는 곳이니 티끌만한 번뇌 한 점도 일어나지 않았다.

소나무는 소나무대로, 나뭇잎에 매달린 이슬은 이슬대로 모두가 진여이고, 흰구름이나 흰구름 너머의 달이나 그 어느 것 하나 반야가 아닌 것 없었다.

사천왕이 심부름꾼인 듯 묘선 공주를 받들고 그밖에도 여러 신들이 그녀를 돌보았다. 오가는 이 모두 부처와 보살이요, 참배하는 이 모두 아라한이요 고승이었다.

묘선은 이러한 곳에서 9년을 하루같이 보냈다.

그날도 묘선은 바위굴 속에서 자리를 잡고 참선에 들었다. 전신에 티끌 한 점 없이 맑은 모습으로 꼼짝 않고 앉아 있는 형상은 바위나 나무 같았다. 가슴속은 허공처럼 텅 비어 무엇을 구함이 없고, 자신을 조금도 중히 여김이 없으며, 망심(妄心)을 버릴 생각도 진리를 구하려는 생각도 없고, 성인이나 범인의 정을 분별할 생각도 없으며, 선과 악을 나누는 감정을 가지지도 않고, 한마음으로 정진하면서 묵묵히 자성(自性)을 찾았다. 이렇게 하니 온몸이 가볍고 편안하여 깊은 선정에 들 수 있었다. 이때는 잠 귀신도 침입하지 못하였다. 이따금 원숭이 울음 소리와 뻐꾸기 울음 소리가 크게 들려 오곤 하였다.

자신의 인지(人智)가 걸림 없으니 자연스레 활연대오가 이루어지고 반야의 지혜를 모두 꿰뚫어볼 수 있었다.

선과 악으로 업보 받을 날이 있다
때가 되면 자연히 흑백이 갈라진다
……

난폭하고 무지한 묘장왕
절 불지르고 삼존(三尊) 훼손하였으니
그 죄 살아서는 병마에 시달리고
죽어서는 영영 철위성에 갇히리
복 줄이고 고통에 빠지는 응보 주어
병마에서 영원토록 벗어나지 못하게 하리

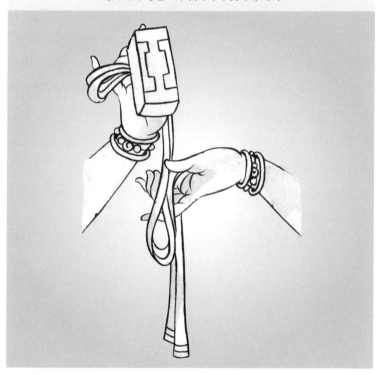

삼보를 능멸한 죄로 몹쓸 병에 걸린 국왕

하늘임금인 옥황상제는 구천(九天)에 칙서를 보내어 신하들을 모두 불러놓고 묘장왕의 죄를 어떻게 다스릴지 논의하였다. 먼저 상소문을 올린 신하들의 의견은 곧 하나로 모아졌다. 옥황상제가 신하들의 중지를 모아 명을 내렸다.

"묘장왕은 삼보를 능멸하여 하였으니 그 죄 결코 적지 않노라. 마땅히 그의 복을 줄여야 하느니라. 지금 당장 사자를 보내어 그에게 아주 고약하고 괴로운 병을 붙여주어라."

사자 오온(五蘊)은 옥황상제의 명을 받고 즉시 바람에 구름을 타고 화살같이 달렸다. 이것이야말로 화는 악이 쌓여 생긴 것이고, 복은 선이 쌓여 이루어진 것이라는 이치였다.

이러한 이치를 담은 게송이 전해지고 있다.

　선과 악으로 업보 받을 날이 있다

때가 되면 자연히 흑백이 갈라진다
상소문 받은 옥황상제
하늘 조정의 육부와 의논하더라
난폭하고 무지한 묘장왕
절 불지르고 삼존(三尊) 훼손하였으니
그 죄 살아서는 병마에 시달리고
죽어서는 영영 철위성에 갇히리
복 줄이고 고통에 빠지는 응보 주어
병마에서 영원토록 벗어나지 못하게 하리
어서 빨리 오온을 하계에 보내어
묘장왕 몸에다 병마를 붙이라

악한 짓을 하면 업보를 면치 못하는 법이었다. 국왕은 병에 걸려 위엄을 잃고 힘을 쓰지 못하게 되었다.

처음에는 온몸이 불처럼 뜨거워졌다가도 얼음 속에 빠진 듯 덜덜 떨었다.

"정궁이 왜 이렇게 더운가. 어서 부채를 부치어라."

그러다가도 느닷없이 이부자리를 찾았다.

"정궁이 마치 얼음장같이 차갑구나. 어서 불을 피우고 이부자리를 펴라."

그러나 발버둥쳐도 소용없는 일이었다. 몸에 열이 내리고 오르는 증세가 겨우 가시면 다른 병세가 나타나서 괴롭혔다.

머리가 천근같이 무거운가 하면 뼈마디가 시큰시큰하더니 나중에는 피부가 가려워서 견딜 수가 없었다. 그러더니 살갗이 물러지기 시작하였고 피고름이 줄줄 흘러 악취가 왕궁에 퍼졌다.

한 번이라도 그 악취를 맡으면 구역질이 나서 토하지 않는 사람이 없었다. 궁녀들은 핑계를 대며 국왕의 시중을 들지 않으려했고, 부마들도 코를 싸쥐며 피해 다녔다.

"이 일을 어이할꼬. 어이할꼬."

왕비가 무당을 불러 점을 치고 굿판을 벌이기도 하였지만 그어느 것도 효험을 주지 못하였다. 명의란 명의는 다 불러 치료를 받고 약을 써보았지만 소용없는 일이었다. 그저 병상을 떠나지 않는 사람이 있다면 왕비 한 사람이었다.

국왕은 병마에 시달리면서도 매일 어전으로 나갔다. 한 달이 채 안 되어 손발이 헐고 머리에는 부스럼이 났으며, 눈썹과 수염이 빠졌다. 게다가 살갗이 헌 데는 구더기까지 끼곤 하였다. 귀와 코가 꺼져 들어가고 눈이 물러지며 이빨이 흔들흔들하더니 빠지기 시작하였다.

그런가 하면 혀를 움직이지 못하게 되고 입술이 문드러지더니, 손가락까지 떨어져 나갔다. 자연히 왕관 주위에는 시퍼런 쇠파리들이 들끓었고 금룡포 옥띠에는 피고름이 묻어났다. 병이 발작할 때면 살갗뿐 아니라 뼈까지 가려웠다.

국왕은 모든 것이 귀찮아졌다. 금은으로 치장된 방도, 산해진미도 다 싫어졌다. 용을 수놓은 용포도 몸을 꼼짝 못하게 하는 쇠사슬 같았고, 풍악 소리도 통곡 소리처럼 들리기만 하였다. 다리가 하나인 상아로 만든 용상도 으스스한 칼을 꽂아놓은 듯 보였고, 왕비와 궁녀들도 뱀처럼 맹수처럼 보였다. 하루를 보내는 것이 천년 세월같이 괴롭기만 하였다.

국왕이 괴로워 미친 듯이 날뛸 때면 천지가 놀라 떨었다. 날마다 국왕의 이목구비에서는 고름이 줄줄 흘렀고, 조금만 움직여도 아픔이 뼛속까지 더하였다.

이제는 어전에 나가지 못할 지경에 이르렀다. 어느 생에 무슨 업을 지어 이렇게 몹쓸 병에 걸렸는지 비탄에 잠길 때도 있었다.

'묘선을 내쫓고 죽인 업보인가, 아니면 백작선사 승려들을 능멸한 업보인가. 몸이 문드러져 피고름이 흐르는지라 용상에 앉아 있기도 괴롭고, 사랑하는 왕비도 시중드는 궁녀도 다 싫구나.

산해진미도 이제는 역겹고, 풍악 소리도 듣기 거북하구나.'

국왕은 또다시 방문을 내붙이어 천하의 명의를 구하였다.

짐의 병을 고쳐주는 명의에게는 그가 요구하는 대로 은혜를 베풀 것이다.

명의들이 궁중으로 몰려들었지만 한 사람도 국왕의 병을 진단

하지 못했다. 병명을 알아내지 못하니 처방을 내릴 수가 없고, 치료는 더더욱 엄두도 못 내는 형편이었다. 상이 욕심이 나서 찾아왔지만 명의들은 고름 냄새 때문에 눈치를 살피며 걸음아 나살려라 하고 도망쳤다.

이때 향산의 묘선 공주는 부처의 눈〔佛眼〕으로 천하를 살펴보며 법신으로 나투어 구름을 타고 벽라선동(碧羅仙洞)을 떠났다. 신음 소리가 들리는 곳이라면 어디든지 찾아가 중생을 구제하러 다니었다.

바위를 흐르는 물은 차고
꽃을 지나는 바람 향기롭네
......

세상을 방랑하는 웬 스님
키는 장육(丈六)이고 범상치 않은데
어깨엔 지팡이 둘러메고 몸에는 누더기 걸쳤네
입으로는 범어로 염불하며 손으로는 백팔염주를 돌리더라
등에는 약 바랑 졌는지라 향내가 궁성 안에 가득 차고
종기가 나 부스럼 추하지만 하는 말마다 이치가 있네

공주가 노승으로 변하여 부왕을 진찰하다

    방문을 내붙이니 소문은 어느새 흥림국 변방에까지 퍼져 나갔다. 그제야 구름을 타고 다니던 묘선도 국왕의 큰 불행을 알게 되었다. 부처의 눈으로 보니 부왕이 몹쓸 병에 걸려 고통받고 있는 것이었다.

    묘선은 곧바로 꾀죄죄한 노승으로 변하였다. 머리에는 남루한 비로자나 모자를 쓰고 몸에는 군데군데 기운 누더기를 걸쳤다. 그리고 얼굴에는 천하게 종기와 부스럼을 달고, 신발은 뒤축이 떨어진 나막신을 신었다. 영락없이 거리를 떠돌며 탁발하는 노승의 모습이었다. 묘선은 처진 바랑을 지고 작은 조롱박이 달린 지팡이를 들었다.

    노승은 구름을 타고 눈 깜짝할 사이에 왕궁으로 갔다. 거리에는 낯익은 사람들이 많았다. 그러나 사람들은 노승으로 바뀐 묘선을 알아보지 못하였다. 노승은 방문을 떼어 들고 궁문으로 다가가 문지기 병졸에게 말하였다.

"여보시오, 소승이 임금님의 병을 낫게 하여 드리리다. 상감마마의 병의 뿌리를 단번에 뽑아드리리다."

병졸이 비웃으며 가로막았다.

"네 얼굴에 난 종기도 못 고치는 주제에 무슨 엉뚱한 수작이냐. 어서 썩 물러가지 못할까. 좋은 약이 있거들랑 네 얼굴이나 먼저 고치거라."

병졸은 노승의 몰골을 보고는 혀를 끌끌 찼다.

"묘약을 가지고 왔는데 행색이 뭐 그리 중요하단 말이오. 어서 궁문을 열어주시오."

"궁문을 잘못 들어갔다가는 염라전에 가기 십상이니 그 방문이나 다시 제자리에 붙이고 돌아가거라. 변방의 중놈은 국법이 엄한 줄도 모르더냐."

노승은 물러서지 않았다.

"수백 가지 병마다 다 걸리는 까닭이 있다오. 약이 있는데 처방전이 없으면 고치기 어렵고, 처방전이 있는데 약이 없어도 또한 마찬가지라오. 이 지팡이 끝에 달린 조롱박이 보이지 않소. 영험한 묘약의 처방전이 이 속에 있으니 어서 문을 여시오. 묘약의 처방전이 없는데 어찌 궁문을 들어서려 하겠소."

몰려든 문지기 병졸들이 수군거렸다.

"저 노승, 머리가 돌았군. 여기가 어디라고 함부로 들어가려고 하는 거야. 죽을 줄 모르고 덤비는군. 왕궁이란 미친 짓을 하는 곳이 아닌데 말이야."

한 문지기 병졸이 노승을 앞으로 불렀다. 그는 다른 병졸보다 나이가 들어 보였는데 자신의 수염을 쓰다듬으며 말했다.

"부처님 제자라는 당신에게 좋은 말로 권고하겠소. 우리 나라에는 명의가 많소. 그들도 임금님의 병을 고치지 못하였는데 하물며 당신 같은 사람이 나서다니 어이가 없소. 당신의 병도 고치지 못하면서 어떻게 임금님의 병을 고친단 말이오. 내 보아하니 당신은 엉터리 땡초가 분명하오. 목숨이 붙어 있는 게 귀찮아서 왔다면 모르겠지만, 어서 이 자리를 뜨시오. 어물거렸다가는 궁내 관군들에게 붙들려 죽음을 면치 못할 것이오."

노승이 웃으며 말하였다.

"여러분들은 어찌 사람을 몰라보시오. 노승은 어려서 일찍 출가하여 수많은 곳을 돌아다녔다오. 어떤 때는 병사하여 죽은 해골까지도 약 한 첩 쓰지 않고 소생케 하였다오. 원인만 알 수 있다면 해골도 다시 살릴 수 있는 법이오. 예로부터 병이란 다 숙연(宿緣)이 있는 법이오. 소승의 얼굴에 난 부스럼을 보고 웃지 마시오. 처방은 알고 있으나 약이 없어 그런다오. 반대로 우리 임금님은 약은 있으나 처방이 없어 그런 듯하오."

이때 병졸의 우두머리가 오더니 다시 따져 물었다. 그는 노승의 말을 수긍하는 체하더니 궁성 안으로 들어갔다.

이때의 계송이 이렇게 전해지고 있다.

바위를 흐르는 물은 차고
꽃을 지나는 바람 향기롭네
나무 관세음보살
우두머리 장수 궁성으로 내달아
스님의 말 어전에 전하려고
팔배 마치고 만세 외치고
국왕 앞에 보고를 하네
세상을 방랑하는 웬 스님
키는 장육(丈六)이고 범상치 않은데
어깨엔 지팡이 둘러메고
몸에는 누더기 걸쳤네
입으로는 범어로 염불하며
손으로는 백팔염주를 돌리더라
등에는 약 바랑 겼는지라
향내가 궁성 안에 가득 차고
종기가 나 부스럼 추하지만
하는 말마다 이치가 있네
어떤 병이건 다 고칠 수 있다는
세상을 떠도는 명의라고 하며
임금님 뵈러 왔다고 하네

묘장왕은 장수의 손을 잡고 얼굴에 웃음을 띠었다. 내관에게 시켜 당장 하사금을 내리었다. 노승은 곧 궁성으로 들어와 국왕 앞에 고개를 숙이었다. 묘장왕은 기다리지 못하고 먼저 물었다.

"그대는 어디서 수행하시는 분이오."

"보잘것없는 곳이나이다. 아주 먼 변방이나이다."

"불도를 닦은 지 몇 해나 되었소."

"소승은 입산한 지 겨우 구 년밖에 안 되옵니다."

"스승은 누구인가."

"석가모니 부처님이나이다."

"그대의 이름은 무엇이오."

"소승은 빈천하여 이름이 없나이다."

"어떻게 짐의 병을 고칠 생각이오."

"소승은 병을 낫게 하는 약사여래 부처님을 뵌 적이 있나이다."

"정말 짐의 병을 고칠 수 있다는 말인가."

"고칠 수 있나이다."

국왕은 크게 기뻐하였다. 이에 노승은 한마디를 더 하였다.

"소승이 맥을 짚어봐야 하겠나이다. 병에 따라 약의 사용이 달라지나이다."

"오, 그렇고말고. 이봐라, 스님을 비단 방석에 모시고 차를 올려라."

국왕은 즉시 자신의 병을 낱낱이 보이기 시작하였다.

"어서 짐의 병을 고쳐주오. 만약 그리하면 그대의 이름을 만백성이 흠모하리라."

국왕의 맥을 짚어본 다음 노승은 차분하게 아뢰었다.

"상감마마의 병을 낫게 하는 데는 세 가지 묘약이 있나이다."

"어서 그 약 이름을 말하시오." "이 약은 고금의 만병통치약이오나 저잣거리의 약방에는 없나이다. 그러하오니 저잣거리에서는 살 수 없나이다."

국왕은 다급하여 몸을 일으켰다가 다시 앉았다.

"이 약은 성을 내지 않은 사람의 몸에서 떼어낸 손과 눈이나이다."

그러자 국왕은 몹시 실망하여 소리쳤다.

"황금 천만 냥을 준다 한들 누가 제 몸을 칼로 베어내겠는가. 목석이 아닌 바에야 그런 말을 듣고 누군들 성을 내지 않겠느냐."

국왕은 크게 실망한 나머지 부들부들 떨었다.

"저 중놈, 조리를 틀고 능지처참하여라. 간사한 말로 짐을 미혹하니 용서할 수 없구나. 국왕을 기만하였으니 중죄를 면할 수 없을 것이다."

국왕은 분이 풀리지 않는지 숨을 거칠게 쉬면서 다시 명하였다.

"저 중놈은 물론 저 자를 궁성으로 데리고 온 장수까지 당장 끌어내어 하옥시켜라. 헐벗고 굶주리며 떠도는 비천한 거지도 제 몸을 아끼거늘 그에게 제 손과 눈을 도려내라고 물어보라. 화를 내겠느냐, 안 내겠느냐."

노승은 여전히 입가에 미소를 지으며 말하였다.

"상감마마, 옥체 불편하시니 만사를 너그럽게 받아들이옵소서. 소승은 구족계를 받고 부처님의 덕행을 본받아 실행해왔나이다. 소승의 말은 모두 진실이오니 받아들여주옵소서."

"생사람의 손과 눈을 내놓으라는 것이 부처님 덕행이란 말이냐. 그런 말을 듣고도 성을 내지 않는 사람이 어느 땅에 살고 있다는 말이냐. 만약 그런 사람이 있다면 성과 이름을 대어보라. 궁성으로 오라 하여 짐이 직접 물어보리라. 그의 손과 눈을 내어 놓을 수 있다면 짐은 하루 동안 그를 옥좌에 앉혀 왕 노릇을 시킬 것이니라."

노승이 다시 웃으며 말하였다.

"허허허. 손과 눈이 없는 국왕이 이 세상 어디에 있겠나이까."

노승은 허리를 굽히며 다시 말하였다.

"상감마마 고정하옵소서. 성낼 줄 모르는 사람이 있나이다. 향산에서 도 닦은 지 수년이 되었나이다. 인욕을 지켜 성내는 법이 없고, 늘 자비로운 마음뿐이옵니다."

"정말 향산에 그런 사람이 있다는 말이냐."

"그렇사옵니다."

"향산에 갈 때는 무엇을 가지고 가야 되느냐."

"도 닦는 수행자라 그저 향 한 묶음 시주하시면 되나이다."

"그대의 말을 믿기가 어렵구나."

국왕은 그래도 미덥지 못해 경계심을 풀지 아니하였다.

"향산이 여기서 얼마나 먼고."

"삼천 리 길이나이다. 준마를 타고 달리면 칠일 정도 걸리옵니다. 혜주 땅 징심현(澄心縣)의 향산이나이다. 도인이 거기에 계시온데 마음의 심지가 굳어 명리를 탐하지 않고 속세와 절연하여 도를 깨치고 신통력을 얻었사옵나이다. 또한 그분은 세간의 오욕과 쾌락을 완전히 버린 분이옵니다. 상감마마께서 신하 한 사람을 보내어 칙서 한 장에 향 한 묶음을 그 도인께 전하면 자연히 손과 눈을 얻을 수 있을 것이옵나이다."

국왕의 칙서는 이러하였다.

큰 도인이 오랫동안 산 속에 은거, 수행하여 도풍이 드높고, 이름이 절로 천하에 알려지어 만인이 존경하고 우러러 받든다는 얘기를 일찍 들었소이다. 병든 이 몸이 흥림국을 다스린 지 45년, 천하가 태평하고 백성들과 복락을 함께 누리었으나 숙연의 업보로 홀연 병들어 어떤 처방도 듣지 않고 어떤 약도 효험이 없나이다. 오늘 노승을 만나 약재를 구하노니 성낼 줄 모르는 사람의 손과 눈이 필요하다고 하는바, 바라옵건대 큰 도인께서 즐거운 마음으로 허락해주옵소서. 짐의 병이 완치된다면 그 은혜는 결코 잊지 않으리다. 이에 특별히 글을 써 올리나이다.

"그대가 내 눈을 가져간다 하더라도
나는 후회하지 않을 것이오.
그대들이 나에게서 천 개의 눈을 가져간다 하더라도
나는 기쁘게 내놓을 것이오."

부왕을 치료하기 위해 손과 눈을 보시하다

노승이 되어 입궐하였던 묘선은 눈 깜짝할 사이에 구름을 타고 향산의 암자로 가서 도인으로 변신하였다. 그러고는 국왕의 칙서를 가지고 올 신하를 기다렸다.

이윽고 대선인(大仙人)이라 불리는 도인은 묘장왕이 보낸 신하 유흠에게 자신의 왼손과 왼눈을 도려내기를 허락하였다.

"상공께서 나의 손과 눈 하나씩을 가져가시오. 대왕마마의 병이 낫기만을 바랄 뿐이오."

유흠은 칼을 빼어 들었다. 칼에는 서릿발이 서려 있는 듯 푸른 빛이 돌았다. 단단한 그 무엇도 베어낼 만큼 날이 서 있었다. 그런데도 유흠은 멈칫거렸다. 자신의 손과 눈을 베어 가라고 내밀고 있는 도인이 두려웠다.

"나를 두려워하지 마시오."

"으음."

"나는 대왕마마의 손과 눈이 되기로 하였소. 그러니 어서 내 손과 눈을 베어 가시오."

"정, 정말 괜찮겠소."

"그대가 내 손을 가져간다 하더라도 나는 후회하지 않을 것이오. 그대들이 나에게서 천 개의 손을 가져간다 하더라도 나는 기쁘게 내놓을 것이오."

이윽고 도인의 손에 칼을 대자 처음에는 맑은 피가 쏟아져 나오더니 나중에는 전단향나무 향기가 진동하였다.

"자, 이제는 내 눈을 베어가시오."

"상감마마의 분부인지라 다시 칼을 대는 것이니 용서해주시오."

유흠이 망설이며 칼을 들었다. 그러나 도인은 무심히 자신의 눈을 보시하고 있었다.

"그대가 내 눈을 가져간다 하더라도 나는 후회하지 않을 것이오. 그대들이 나에게서 천 개의 눈을 가져간다 하더라도 나는 기쁘게 내놓을 것이오."

향기는 도인의 눈에서도 풍기었다.

유흠은 도인과 작별하고 궁성으로 돌아왔다.

이때의 정경을 게송은 이렇게 전하고 있다.

　도인이 준 묘약을 지닌 신하

여덟 번 절하고 궁성으로 돌아오네
말을 타고 나는 듯이 달리어
며칠 만에 궁성에 이르렀네
왕궁으로 곧장 들어가니
국왕 크게 기뻐하며 사연을 묻네
신하 허리 굽혀 아뢰니
국왕 장수의 말 유심히 듣더라.
소신이 신선 약 달라고 하였사온데
도인은 전혀 성내지 않았소이다.
만조 대신 입 모아 수군거리니
과연 보기 드문 도인이구려
당장 노승을 불러들이니
재빨리 약 처방하여 국왕께 올리네
약 복용하고 하룻밤 지나니
몸 절반은 씻은 듯이 나았네.
왼쪽은 예나 다름이 없는데
오른쪽은 조금도 낫지를 않네
국왕 친히 노승에게 이르되
짐의 병 어이하여 완쾌되지 않는고
노승이 대답하는 말
소승의 지성이 모자람 아니고
한쪽 손과 눈만 사용했으니 당연한 이치이며

두 쪽을 다 사용하면 완쾌될 것이나이다.

상감마마 병을 뿌리째 뽑으시려면

다시 한번 도인을 찾아가시옵소서.

며칠 후, 유흠은 국왕에게 또다시 칙서를 받았다. 도인에게 다시 가서 눈과 손을 마저 가져오라는 내용이었다. 국왕의 칙서는 이러하였다.

짐은 도인이 준 왼쪽 손과 눈으로 왼쪽 몸은 다 나았소. 허나 오른쪽은 조금도 차도가 없으니 대자대비하신 도인께서 짐의 병을 다 낫게 해주시오. 그러면 짐은 나라 곳곳에 절을 짓고 집집마다 부처님을 모시게 하여 불법을 세상에 널리 퍼지게 하겠소. 우리 나라는 물론 이웃 나라까지 해마다 향과 과일을 올려 불공을 드리게 하겠으니 도인께서 즐거운 마음으로 손과 눈을 보내주소서.

국왕의 성지를 본 도인은 신하에게 말하였다.

"걱정 마시오. 나는 내 손과 눈뿐만 아니라 온몸을 달라 하여도 달갑게 주겠소. 이것을 진정한 자비라고 하오. 나는 나를 희생함으로써 인간세상에 부처님의 자비를 알리고 싶소."

그러면서 지난번과 같이 자신의 손과 눈을 베라고 허락하면서 신하에게 일렀다.

"나의 오른쪽 눈과 손을 바치면 국왕의 몸이 완쾌된다 하니 축하드리오. 국왕의 옥체에 어떤 재앙도 달려들지 못하여 장생불사하기를 바라오."

유흠은 도인의 오른쪽 눈과 손을 비단 보자기에 싸 가지고 왕궁으로 돌아왔다. 왕궁으로 오는 동안 비단 보자기에서는 전단향나무 향기가 진동하였다. 유흠은 말을 타고 달리면서 중얼거렸다.

"이것은 상감마마께 바치는 도인의 손과 눈에서 나는 향기다. 아, 모르겠구나. 조건 없이 기쁘게 주는 것이 진정한 자비라고 하지만 나는 정말 모르겠구나."

묘장왕은 신하 유흠이 도인의 손과 눈을 가지고 온 것을 보자, 자신도 모르게 합장하고 하늘을 우러러 감사하였다. 그러고는 유흠에게 상을 내리라 하고 노승을 불러들였다.

"어서 빨리 묘약을 조제하여 올리시오."

"그러하겠나이다. 다만 이번에는 왕비마마께서 묘약을 보고 싶다고 말씀하오니 먼저 조양전으로 갔다 오겠나이다."

노승은 약을 먼저 왕비와 후궁들에게 보이겠다며 정궁을 나왔다. 그때 왕비는 조양전에 있었는데, 노승은 금 쟁반에 도인의 눈과 손을 담아 올렸다. 국왕을 살린 묘약일 것이므로 왕비는 자세히 살펴보았다.

도인의 손과 눈은 분명 천륜상(天輪相)이었다. 순간 왕비는 슬픈 얼굴로 변하였다. 출가한 셋째 딸 묘선의 손과 눈이 천륜상이었던 것이다. 왕비는 묘선이 생각나 주르르 눈물을 흘리기 시작하였다.

"이 손과 눈은 천륜상으로 내 딸 묘선의 것과 너무 닮았구나. 묘선아, 어디 있느냐."

노승은 다시 금 쟁반을 국왕에게 가져와 올렸다. 아니나 다를까, 하룻밤이 지나자 국왕의 온몸은 씻은 듯이 나았다. 그리하여 국왕은 조정의 대신을 불러놓고 말하였다.

"오늘 짐의 목숨이 살아났으니 예사로운 일이 아니로다. 고목에 꽃이 피고 스러진 재에서 불길이 일어남과 같도다. 하늘이 귀한 사람을 보내주셨으니 이 기쁨 말할 수 없노라. 짐은 이에 나라의 죄인들에게 큰 사면을 내림과 동시에 정사를 보아왔던 정전(正殿)을 법당으로 삼고, 드넓은 왕궁을 도량으로 만들려고 하노라. 노승에게는 황천지하(皇天之下) 일인지상(一人之上) 진국선사(鎭國禪師)란 호를 내리니 문무 대신들은 스승으로 예우하라."

국왕에게 길다란 호를 받은 노승이 말하였다.

"소승은 이를 원치 않나이다. 도인이 내준 손과 눈으로 병이 나았기 때문이옵니다. 보답할 마음이 있으면 향산으로 가시어 자신의 눈과 손을 미련 없이 떼어 내준 도인에게 보은을 나타내소서."

"그야 더 말해 무엇하겠소. 짐은 지금 즉시 도인이 은거하고
있는 향산으로 떠날 것이오."

국왕에게 약속을 받은 노승은 그의 신심을 더욱 다져주기 위해
합장하고 염불을 하여주었다.

묘상이 구족하신 세존이여, 이제 다시 저희가 묻사옵나니
불자가 어떠하온 인연으로서 관세음보살이라 하시나이까.

묘상이 구족하신 부처님께서 무진의 보살에게 대답하시되
관세음보살의 거룩한 덕행 곳곳에 나타나심 네가 들으라.

큰 서원 바다같이 깊고깊으사 부사의겁 오래도록 살아오시며
천만억 부처님을 믿고 섬기어 거룩한 맑은 원력 세우셨도다.

너희가 알기 쉽게 설하오리니 명호라도 듣거나 친견하거나
마음껏 섬기어서 지성 다하면 이 세상 모든 고통 멸해주리라.

가령 어떤 이가 해코자 하여 불구덩에 떠밀려 떨어진대도
저 관음 묘지력을 생각한다면 불구덩이 문득 변해 못이 되리라.

어쩌다 바다에서 풍파에 밀려 용이며 고기떼며 아귀 난에도
저 관음 묘지력을 생각한다면 물결도 자자할사 되살아나리.

천만길 높은 산에 올라섰을 때 웬 사람이 별안간 떠밀어쳐도
저 관음 묘지력을 생각한다면 햇빛같이 허공에 떠 있게 하고

뜻밖에 악한에게 쫓긴 바 되어 금강산 험한 골짝에 떨어질 때도
저 관음의 묘지력을 생각한다면 털끝 하나 그대로 상하지 않으리.

난데없이 원수나 도적떼들이 제각기 흉기를 들어 협박할 때도
저 관음의 묘지력을 생각한다면 도리어 자비심을 일으키라.

혹시나 억울하게 죄목을 받아 사형대에 끌려 선 마지막 순간
저 관음의 묘지력을 생각한다면 제대로 풀리어서 벗어나리라.

불행히 큰 칼 쓰고 옥에 갇혀도 손발에 고랑 차고 갇혀 있어도
저 관음의 묘지력을 생각한다면 제대로 풀리어서 벗어나리라.

독약과 주물로써 무자비하게 사람을 해치려고 덤벼들어도
저 관음의 묘지력을 생각한다면 도리어 본심으로 돌아가리라.

노승은 더 이상 왕궁에 남아 있을 필요가 없게 되자, 허공으로
훌쩍 뛰어올라 몸을 숨긴 채 국왕에게 말하였다.
"나는 보문관자재(普門觀自在)라 그대 병 고치러 왔었노라. 이
제부터 마음을 맑히고 도를 닦아 속세의 티끌에 어둡지 말라. 천

138

지 만물도 무상하거늘 부평초 같은 인생 어찌 영원하리오. 그대 부디 미루지 말고 수행하여 정과(正果)을 얻으라. 그리하면 밝은 달빛 맑은 바람 속에서 유유자적하리라."

허공에서 울리는 말를 다 들은 국왕은 엎드려 백 배를 올리었다. 그러고 나서 왕궁 사람들에게 향산으로 가서 도인을 만나 감사드릴 것을 명하였다.

"그 애가 묘선이 틀림없다면 하늘이여 감응하소서.
그 애에게 손과 눈을 주어 예전과 다름없게 하여주옵소서.
손과 눈을 주어 묘선으로 되돌아오게 하소서.
이것이 또한 무슨 도리인지 자세히 일러주옵소서."

공주는 천수천안의 보살로 거듭나고
국왕은 불법에 두 무릎을 꿇다

국왕은 신하들을 거느리고 몸소 혜주 땅 징심현에 있는 향산으로 갔다. 향산이 가까워지자 상서로운 기운이 느껴졌다. 하늘에서는 바람을 타고 꽃비가 내리었고, 학이 나는 산봉우리들은 한결같이 수려했으며, 나무들은 생기가 넘쳐 흘렀다. 국왕은 가마에서 내려 신하들과 더불어 대숲 사이로 난 산기를 걸어 올랐다. 푸른 대숲 가운데에는 과연 암자가 하나 있었다.

암자 마당에 이르러 국왕은 신하들에게 음악과 향을 올리게하고, 자신은 암자를 향하여 오체투지로 절을 하였다. 그러고는 머리를 들지 않은 채 암자를 향하여 말하였다.

"짐이 오늘 음악을 올리고 향을 사르며 고마운 마음을 표시하고자 하나이다. 그러하오니 자비를 베푸시어 저를 굽어보시길 엎드려 바라나이다."

도인은 암자 안에서 나오지 않고 있었다. 말없이 앉아 있는 듯 암자 안은 적막하였다. 조급해진 국왕이 다시 목소리를 높여 말하였다.

"짐은 산천의 주인이요, 만백성의 임금이옵니다. 큰 도인의 은덕에 감사를 드리고자 먼길을 한걸음에 달려온즉 어찌 한 말씀도 없으시옵니까."

이번에도 말이 없기는 마찬가지였다. 국왕은 무안하여 암자 마당가로 한 걸음 물러났다. 대신 왕비에게 보은의 예를 올리라고 일렀다.

왕비도 역시 궁녀들에게 정성을 다하여 암자 마당에 단을 차리게 하였다. 이번에도 다시 악기를 울리며 차와 과일을 올리고 향을 사르게 하였다. 그런 후에 절을 하였다.

그래도 방안의 침묵이 계속되자, 왕비는 가만히 방문을 열었다. 방안에는 두 눈과 두 손이 없는 도인이 삼매에 들어 있었다. 얼굴은 마른 피와 먼지뿐이었다. 좌선한 채 삼매에 든 등신불이었다. 왕비는 가슴이 뭉클하였다. 자세히 살펴보니 살아 생전 묘선의 용모와 너무 흡사하였다.

왕비는 몸소 향을 탄 향물로 도인의 얼굴과 가슴을 씻기기 시작하였다. 그러자 또렷하게 드러나는 도인의 모습은 틀림없는 묘선이었다. 왕비는 그만 눈물을 흘리며 쓰러져버렸다.

이때의 정경을 읊은 게송은 이렇다.

왕비 암자로 들어가는데
궁녀 무리들 뒤를 따르네
악기 불고 촛불 밝히고 향 사르며
차와 과일 삼가 바치네
절하고 가까이 다가가니
도인 얼굴은 피와 먼지뿐
두 눈은 모두 없고
두 팔에도 손은 없어라
왕비 몸소 향물에 도인 몸 씻어주니
도인의 모습 비로소 드러나네
유심히 이리저리 살펴보니
볼수록 출가한 딸 같아라
몸매 또한 비슷하거늘
왕비, 딸 생각에 눈물 흐르네

왕비는 눈물을 글썽이며 도인에게 물었다.

"혹시 내 딸이 아니오. 고향은 어디고, 이름은 무엇이오. 내 딸과 헤어진 지 어느새 십 년, 그간 나의 눈에는 눈물이 마를 날이 없었소. 국왕이 노하실까 왕궁에서는 목놓아 울지도 못하였소. 그대가 만일 묘선이라면 제발 에미한테 이실직고하시오."

왕비의 눈은 틀림없었다. 도인이 바로 딸 묘선이었다. 도인은 삼매에서 깨어나 긴 호흡을 내뱉고 있었다. 그런 후 미소를 머금은 입술이 움직이기 시작하였다. 묘선의 깊은 목소리는 천길 낭떠러지에서 들려 오는 공명음처럼 방안을 울리고 있었다.

"맞습니다. 당신은 자애로운 어머님이십니다. 소녀는 당신의 딸 묘선이옵니다. 소녀는 왕궁을 나와 백작선사로 출가한 묘선이옵니다. 소녀는 아바마마의 명을 받은 장수에게 죽임을 당한 묘선이옵니다."

"그런 네가 어찌 도인이 되었느냐."

"소녀, 어찌 부모의 깊은 은혜를 다 갚을 수 있겠습니까. 그래서 도 닦을 마음을 굳혔나이다. 그래서 소녀는 출가를 하였고, 이렇게 여기 앉아 있나이다. 부모님이 이 몸을 낳지 않았다면 어찌 이 몸의 일부를 기꺼이 떼어주겠나이까. 소녀는 오직 아버님을 구하려는 일념으로 고통을 달게 받아들였나이다."

왕비가 묘선에게 저승의 일을 물었다.

"천만 사람이 들어가도 살아 나오는 사람이 없다고 하거늘 너는 무슨 신통으로 여기까지 나왔느냐."

"정과를 이루면 관자재하니 오고 가는 것이 자유롭나이다. 나무 아미타불."

왕비는 소리내어 흐느끼다가 혼절하고 말았다. 다시 가까스로 일어난 왕비에게 묘선이 말하였다.

"어머님을 지금 반기려고 해도 저에게는 어머님을 잡아볼 손이 없고, 어머님을 보려고 해도 저에게는 어머님을 볼 눈이 없사옵니다.”

“묘선아, 지금 내 눈과 손을 주랴. 내 눈과 손을 주겠으니 어서 말해다오. 그래서 네가 온전한 몸이 되어 왕궁으로 돌아온다면 나는 이제 죽어도 여한이 없을 것이다.”

“불법을 위해 자신의 살을 떼어내겠다면 모르겠으되 한낱 자식을 위해 그러하신다면 소녀는 받지 않겠사옵니다.”

“너도 아바마마를 위해 기꺼이 떼어주지 않았느냐. 네가 그런 것처럼 말이다.”

“아바마마는 이미 정사를 보던 정궁을 법당으로 삼고, 드넓은 왕궁을 도량으로 삼겠다고 발심하셨사옵니다. 머잖아 아바마마도 출가하시어 불법을 닦을 것이옵니다.”

옆에 있던 묘서, 묘음도 슬피 울었다.

“아바마마의 병을 물리친 게 바로 너였구나.”

이를 지켜보던 묘장왕은 자신이 지은 죄를 참회하면서 식은땀을 흘리다가 졸도하였다.

이때의 게송은 이러하였다.

　묘장왕 그 소식에 가슴이 찢어지네
　머리가 어지럽고 정신이 아득하고
　온몸에 소름 끼치고 치아가 덜덜
　가슴이 황황하고 두 손이 바들바들

눈앞에 별이 어지러이 날고

온몸이 얼음처럼 차가워지더라

식은땀 흐르고 뼈가 물러앉는 듯

얼굴은 누런 잎처럼 변하고

쇠꼬챙이 가슴을 찌르는 듯 말하기 어렵고

두 손은 머리를 감싸며 정신 잃었네

정신을 차리고 앉은 묘장왕은 도저히 믿을 수가 없었으므로 신하에게 물었다.

"활줄에 목이 졸려 죽었고, 시신은 호랑이가 물어가 종적이 없었거늘 그 애가 어찌 여기에 나타나 있단 말인가."

늙은 대신이 머리를 한껏 숙이며 말하였다.

"선과 악에 따른 업보가 없다면 그건 하늘과 땅이 공정하지 못한 것이나이다. 이곳의 도인은 묘선 공주가 분명하나이다."

국왕은 무릎을 꿇고 하늘에 기도하였다.

"그 애가 묘선이 틀림없다면 하늘이여 감응하소서. 그 애에게 손과 눈을 주어 예전과 다름없게 하여주옵소서. 손과 눈을 주어 묘선으로 되돌아오게 하소서. 이것이 또한 무슨 도리인지 자세히 일러주옵소서."

우선, 국왕은 암자 마당에서 온 나라에 불법을 받아들일 것을 선언하였다.

"밝은 하늘에 태양처럼 부처님 빛이 찬연하니 어느 누군들 감히 불법을 받들지 않으리. 짐은 부처님 제자 되기를 서약하고 흥림국 백성들에게 불법을 믿고 따를 것을 선포하노라."

국왕은 문무 대신들을 거느리고 하늘에 9배를 한 뒤 꿇어앉아 우러렀다. 짧은 의식이었지만 엄숙하고 장엄하였다. 문무 대신들도 불법을 믿고 따를 것을 서약하였다.

잠시 후, 왕비는 묘선의 머리를 감싸안았고, 국왕은 묘선의 다리를 만졌다. 이윽고 왕비가 묘선의 손과 눈을 핥아주자마자 놀랍게도 상서로운 일이 벌어졌다. 묘선이 홀연히 허공으로 오르더니 휘황한 빛이 번져가는 가운데 천수천안의 보살로 나투었다. 허공에는 하나 가득 천 개의 손과 천 개의 눈이 빛살처럼 광명을 발하며 거룩하게 움직이기 시작하였다.

하늘에서는 햇볕을 가리는 일산이 드리워졌고, 땅에서는 금빛 연꽃들이 솟아올랐다. 용과 코끼리가 묘선을 향해 고개를 끄덕이고, 범인과 성인이 한데 어울려 묘선을 우러러보고 있었다.

묘선이 국왕에게 말하였다. 그 소리는 낭랑하여 산을 울리고 계곡을 따라 크게 울려 퍼졌다.

"현명한 국왕은 불법을 퍼뜨려 백성을 구제하고 오도 견성케 하였나이다. 그러나 어리석은 국왕도 있었나이다. 불법을 등지고 선근(善根)을 끊은 채 세속의 욕망에 눈이 어두워 지혜를 얻지 못하고 언행에 절도가 없는 국왕도 있었나이다. 그러한 국왕은 죄인을 늘 혹형으로 다스리고 살해하며 자신의 안락을 위해 남을 해치고 속여왔나이다. 그러나 하늘은 속일 수 없는 법, 어찌 병에 걸리지 않고 몸이 성할 리가 있겠나이까."

국왕은 한마디도 대꾸하지 못하였다. 한동안 침묵이 지나간 뒤에야 말문을 열었다.

"짐이 그때 일을 생각하면 구름이 해를 가리듯 옳은 것을 보지 못하였구나. 지혜가 없어서 현인을 억울하게 하였으니 부끄럽기 짝이 없도다. 그 죄 이제야 알겠구나. 오늘 네게 그때의 원한을 새기지 않고 원수를 덕으로 대하고 용서해 받아주니, 이 애비도 입산 출가하여 도를 닦으려 한다. 짐도 불문에 귀의하여 일체 중생을 제도하리라."

마침내 국왕은 다음과 같은 칙서를 내렸다.

짐을 따라온 왕족과 대신들 중에 출가하려는 자는 여기에 남고, 그렇지 않은 자는 궁성으로 돌아가라. 짐은 왕의 보좌를 덕이 두텁고 불심이 깊은 이에게 넘겨주려 하노라. 궁성으로 돌아가는 자는 모두 새로운 왕을 받들어 천하를 다스리도록 하라.

묘장왕이 왕위를 버리니 왕비와 왕족, 대신들도 홀연히 발심하여 출가 귀의하였다. 궁성으로 돌아가지 않고 향산에 남아 불도를 닦겠다는 것이었다. 이에 묘선이 사문으로 돌아온 아버지에게 말하였다.

"무애청정하여 지혜를 얻음은 선정을 닦아 생기는 것이옵니다. 이 몸을 금생에 제도하지 못하면 윤회의 길을 벗어나기 어렵나이다."

묘선은 다시 수행에 임하는 자세를 말하였다.

"착한 마음을 잃지 마시고 착한 뜻 발원하옵소서. 하늘이 다 알고 계시거늘, 악의를 티끌만큼이라도 품게 되면 불지옥에 떨어지나이다."

이날부터 국왕은 무섭게 정진하였다.

그러던 어느 날, 국왕은 속계를 벗어나 하늘 가까이에 닿게 되었다. 주위는 온통 금빛이며 허공에서는 연신 꽃비가 내리고 하늘음악이 울리었다. 묘선이 암자를 칠보대전으로 변화시키고, 땅에는 보석이 반짝거리었는데, 성이며 궁궐이 인간세상에 없는 아름다운 것들이었다.

그때 아미타불이 눈앞에 나타나 보좌에 앉았다. 밝은 후광이 계속 퍼지고 몸은 금빛이었다. 이윽고 입을 열어 은빛 치아를 드러내며 붉은 혀를 움직여 미묘한 목소리를 내시었다. 묘장왕에게 칭찬의 말을 주고 있었다.

"착하고 착하도다. 전생에 복 많이 지어 딸을 출가시키고 왕족을 구하고 하늘로 오른 것이오. 나라와 왕위를 내놓고 향산에 들어와 불도를 닦으니, 그야말로 불 속에 연꽃이 피어난 듯 현세의 인왕불(仁王佛)이 되리라. 희유한 일이로다."

국왕은 아미타불의 말에 자신도 부처를 이룩할 자임을 뼈저리게 받아들였다. 국왕은 아미타불에게 물었다.

"도인의 진신(眞身)은 무엇이나이까."

아미타불이 알려주었다.

"그대들은 듣거라 여기 도은은 고불정법여래(古佛正法如來)인데 여러 부처들 중에서 제일 자비로운 부처니라. 한 몸을 던져 미혹한 중생들을 구제하고자 속세에 내려와 있노라. 두 눈을 내 놓았기에 천 눈을 얻었고, 두 손을 내주었기에 천 손을 얻었노라. 이름하여 천수천안 대자대비 구고구난 무상사(千手千眼 大慈大悲 救苦救難 無上士)요, 천인사불세존(天人師佛世尊), 즉 관세음보살이니라. 그대들도 삼계(三界)를 초월하려면 불법을 깊이 믿고, 바로 들어야 하느니라."

이렇게 말하고 아미타불은 허공으로 사라졌다.

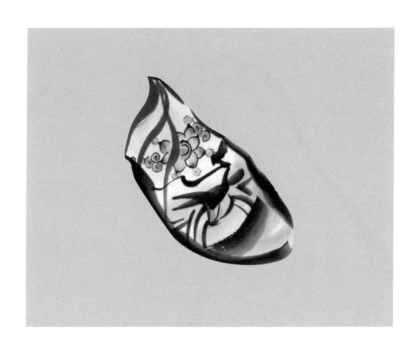

빈궁한 날 며칠 가고 부귀한 날 얼마 가리요
하루 속히 수행하여 도 깨쳐 불심 찾으리
뉘라서 여자는 성불하지 못한다 하는가
수행 정진하면 똑같이 금선(金仙) 이루는 법
관음보살 이야기 끝마쳤으니
옛 거울(古鏡)이 또다시 빛 뿜어 천지를 비추리

관세음보살 이 땅에 나투시다

비로소 흥림국 백성들은 묘선을 관세음보살이라고 부르기 시작하였다. 수많은 불제자들과 여러 나라의 국왕 대신들도 향산 보살의 화엄회에 구름처럼 몰려들었다. 화엄회에는 선재라 부르는 칠세 동자가 있었는데, 오십삼 명의 선지식을 만난 후 대지혜안(大智慧眼)을 얻어 신통력을 지니고 있었다.

묘장왕은 아미타불의 가르침대로 계율을 지키며 용맹 정진하였다. 향산의 풀을 베어 암자의 지붕을 만들고 불제자들을 맞아들였다. 마음을 비우고 정진하니 지혜로운 몸〔慧身〕이 되고, 참선 삼매경에 드니 미묘한 깨달음〔妙覺〕이 이루어져 끝없는 불(佛)의 경치가 눈앞에 나타났다.

국왕은 묘선이 전생에 큰 선지식이었음을 알게 되었다. 은혜를 다 갚기가 어렵다는 것도 깨달았으므로 국왕은 묘선에게 송구할 뿐이었다. 국왕의 그런 마음을 알아차린 묘선이 말하였다.

"미안한 마음은 이제 필요 없나이다. 다만 열심히 수행하는 것이 으뜸이옵니다. 천 날을 산다 하여도 하루 동안 도 닦는 것만 못하나이다. 도를 닦지 않으면 망상 번뇌에 시달리기 쉽거늘 이 이치를 깨달았으면 쉬지 않고 정진하소서. 그리하여 위로는 부처님을 받들고 아래로는 중생을 제도하소서. 이렇게 한다면 진정 여래를 위해 법공양을 하였다고 말할 수 있을 것이나이다."

묘선은 다음과 같은 설법도 하였다.

"계율을 닦아야만 삼악도(三惡道)를 벗어나며, 선정을 닦아야만 여섯 가지의 욕심(六欲)을 벗어나고, 반야의 지혜를 얻어야만 삼계를 자재하니라."

여래의 법을 분명히 가르친 설법이었다. 국왕은 뭇 사람들과 더불어 그 설법을 실천하였다. 믿음을 가지면 무엇이든 이루는 법이었다. 낙숫물이 바위를 뚫고 밧줄이 나무를 끊을 수 있는 이치나 다름없었다. 일단 활연대오하고 확철대오하면 자성을 비추는 그 빛은 한량없는 것이었다.

묘장왕이 향산에서 도 닦은지 20여 년, 그의 나이 여든아홉이 되었다. 어느 날, 홀연히 용의 울부짖는 소리와 원숭이가 날뛰는 소리가 들려 왔다. 악기 소리가 허공에서 울리더니 선녀들이 연화대와 깃발을 들고 국왕을 맞으러 왔다.

국왕은 저세상으로 갈 때가 되었음을 알고 게송을 읊조리었다.

궁궐의 왕위 내놓고 불문에 귀의해
마음 철저히 닦아 청정하구나
무명의 형체만 남았으니
손놓아 지옥의 노옹께 맡기노라.

임종게를 마치고 다비식에 드니 사람들은 국왕의 사리를 탑에 봉안하였다. 이때 묘선 관세음보살이 이렇게 말하였다.

"윤회의 그물 벗어나기 어렵거늘 참선해야 생사의 고통을 쉽사리 넘을 수 있노라."

국왕은 청정한 수행을 하여 무상과를 이루었기에 부처로 화하여 연화대에 올라 극락세계에 이르렀다.

이후, 묘선 관세음보살의 도풍이 널리 퍼지어 각국 사람들이 보살을 참배하러 왔다. 어느 날 한 법회 때였다. 몇몇 비구니가 보살의 처소로 찾아와서 말하였다.

"저희들은 여주 백작선사 비구니올시다. 그때 헤어진 이후 보살님을 기다려왔나이다. 큰 보살님이 되셨다고 백작선사까지 소문이 들려와 보살님의 설법을 들으러 찾아왔나이다. 숙업(宿業)이 두터워 그러는지 항상 미혹에서 벗어나지 못하고, 몸은 불문에 귀의하였으나 마음이 도에 젖지를 않아 늘 삼계의 일을 걱정하며, 때때로 탐욕이 일어 수행이 잘 되지 않나이다. 염불한다하여 경문을 줄줄 외고 있습니다만 세월만 덧없이 보내고 있나이

다. 불문에 출가하였지만 계율을 지키지도 못하고, 덕을 쌓지도 못하고, 헛되이 보시만 낭비하고 있나이다. 천수가 차면 육신은 허물어지는데 혼백은 의지할 데가 없으니 앞길이 캄캄하고 삼악도 어느 길에 떨어질지 모르겠나이다. 견성을 이룬 보살님께서 생사를 벗어날 수 있는 방법을 가르쳐주옵소서. 자비심을 베푸시어 부디 우리를 제도하여주옵소서."

백작선사 비구니들은 무릎을 꿇고 묘선 관세음보살의 가르침을 기다렸다. 이윽고 보살의 긴 설법이 시작되었다.

"착하도다. 너희들 나의 말을 귀담아듣거라. 나에게는 설할 수 있는 법이 없노라. 배울 수 있는 도도 없고, 구할 수 있는 부처도 없고, 벗어나려는 삼계도 없고, 태어날 정토도 없고, 돌고도는 윤회도 없노라. 삼세가 하나같이 평등하고 오고감이 없노라. 한 가지 당부할 것이 있다면 그것은 미혹을 몰아내고 보리를 얻어 묘각을 이루라는 말이리라. 나에게는 줄 것도 받을 것도 없노라. 증득할 수행도, 털어버릴 진애도, 닦아버릴 때도 없노라. 법신을 얻어 상쾌하고 깨달음을 얻어 맑디맑노라. 이름과 상을 단절해버리면 진여가 또렷해지고 비로소 열반에 들 수 있노라. 이 말은 보배 중의 보배이고, 황금 중의 황금이라 할 수 있노라. 전단향나무 자르면 조각마다 향내 나고 구슬가지 자르면 마디마다 옥이 되듯 내 말은 견성 성불하는 이치를 가르친 것이니라. 내 말은 이것뿐으로 달리 더 할 말이 없노라."

백작선사 비구니들은 보살의 말에 저마다 도를 명백히 이해하고 그대로 실천할 것을 맹세하였다.

　이때 한 장자(長子)가 오천오백 사람을 데리고 보살을 찾아왔다. 장자는 보살 앞에 절을 하고 물었다.

　"외도란 무엇이고 정도란 무엇입니까. 자비로운 보살님께서 가르침을 주옵소서."

　"그대들이 훌륭한 마음으로 삿된 것과 옳은 것을 분별하고자하는데 어찌 가르침을 주지 않겠는가. 그대들은 잘 들으라. 외도란 마음 밖에서 부처를 구하려 하고, 스스로 득도하여 음양의 이치를 안다고 설법하고, 기이한 신통력을 보여주어 사람들을 미혹시키는 자들이니라. 이런 외도를 따름은 마치 원숭이들이 절벽 아래 물에 비친 달을 건지려고 줄줄이 익사하듯이 헛수고일 뿐이니라. 여래의 진정한 경지에 이르려면 심신을 허공같이 정히 하고, 고요한 경지에 들어 자기의 본성을 비추어보아야 하니라. 이리하여 몸도 법도 공(空)임을 활연히 깨달으면 자기 마음속의 부처가 형체도 흔적도 없고 대도가 여여함을 알게 되니라.

　마음을 공에 두면 사바세계를 벗어나 신통력을 얻게 되어 자재할 수 있게 되니라. 마치 바람이 연꽃잎을 움직이듯 봉황이 푸른 하늘에 날아오름을 누가 알겠는가."

　법회에 온 사람들은 하나같이 깨달음이 무엇인지, 진정한 수행이 무엇인지를 알게 되었다. 보살이 다시 말하였다.

"숙세(宿世)의 천만 부처들이 고행하여 무명을 영영 끊고 불도를 이루었느니라. 마음을 가다듬고 상을 없애어 선정을 닦아 진여의 빛을 뿌린 것이니라. 계율을 지니고 선정을 닦으며 지혜를 구하여 때를 깨끗이 씻어버린다면 밝음이 절로 나타나지 않겠느냐. 미혹에서 깨어나 마음이 텅 비면 자성의 빛이 나고 무애한 경지에 이르러 자유롭게 자재하고 구중천을 노닐 수 있느니라.

허공에 앉아서도 천지의 모든 것을 눈앞에 볼 수 있으니 마치 천지가 털끝에 매달린 듯하다. 티끌 세상 속에서 법륜을 굴려 무수한 중생들을 제도하여 부처가 계시는 언덕에서 정각을 이루게 하라."

이어 보살이 자신의 전생 이야기도 하였다.

"나는 전생에, 보장부처 시절에 무량정 왕궁에서 제1태자 신분이었다가 출가하여 수행하였노라. 지금까지도 즐거이 중생을 제도하여왔는데, 내 원하는 대로 나투어왔느니라.

금생의 국왕과 왕후는 전생의 내 시주자였고, 묘서와 묘음은 전생에 내 좋은 벗이었느니라. 나머지 사람들도 대부분 나를 위해 보시하고 나의 수행을 도왔더니라. 전생에 각자 선업을 쌓았기에 지금까지 헤어지지 않고 인과를 이어가고 있느니라."

묘선 관세음보살은 천상이나 지상에서 자비를 베푸는 것을 무엇보다도 앞세웠다. 중생이 윤회에 떨어지는 것을 화살이 심장에 박히듯 가슴 아프게 여기어 인간세상에 태어난 것이었다.

사람 형상으로 나타나 시방에 분신하여 제도하다가 흥림국 사람들에게 불법을 보고 듣게 하여 성불케 한 것이다. 흥림국에서 불법을 펴니 이웃 나라 백성들이 배우러 오고 선행을 따르기에 보살은 기쁘게 여기어 상수사(上首士)에 부탁하여 여전히 속세에 남도록 하였다.

그때가 바로 당나라 초기의 일로 여러 가지 상으로 현신하여 중생들을 보리의 언덕으로 제도하였다. 그리고 보살은 보타산에 은거하였다. 법신은 형체를 보이기도 하고 숨기기도 하면서 세상의 일을 환히 꿰뚫고 있었다. 마치 달은 하나지만 속세의 모든 강에 다 비추듯 천 곳에서 기도하면 천 곳에 현신하고 만 곳에서 기도하면 만 곳에서 영험을 보였다. 그러나 보살은 자신의 성불은 발원하지 않았다.

이와 같은 이야기가 믿기지 않는 사람은 보타산으로 가서 일심으로 기도해보라. 그러면 보살이 그대 마음에 현신하는데, 보관을 쓰고 목에 영락을 두른 18세 소녀의 모습으로 나타나거나 하얀 옷을 입은 백의관음으로 나타난다. 서른두 가지 모습으로 나타나기도 하는데, 대신(大身), 소신(小身), 전신(前身), 반신(半身), 자금상(紫金相), 백옥 용안, 가릉빈가, 정병(淨瓶), 자죽(紫竹), 버들가지, 선재 장자, 바다 연꽃, 빛살 등등 자재하게 바뀌며 제도한다. 이밖에도 여러 가지 상으로 나타나는데 일일이 다 헤아릴 수 없다.

도란 언어로 표현할 수 없는 것인바, 언어로 표현된 도는 그것의 근본이 아니며, 도를 깨치면 언어를 잃게 되는 법이다.

지금까지 한 이 이야기야말로 보살이 속세에 현신하여 중생을 제도한 사연이 아니겠는가.

유정 중생들은 진여를 보지 못하고, 육도를 윤회하며, 속세의 명리에 눈이 어두워 사생 속에서 헤매며, 마음속의 부처를 망각하고, 고해에서 또 고해에 들기만 하니 이것이야말로 불나비가 불에 뛰어드는 것과 같으니라. 몸을 버리고 또 몸을 받았으니 새가 조롱 속에 날아드는 격이니라.

중생들이여, 즉시 견성성불(見性成佛)하여 불법의 배를 저어 길 잃은 사람이 집을 찾아가듯 보리의 언덕에 이르도록 하기 위해 이 이야기를 하였노라.

부처는 제 마음속에 있으니 마음 밖에서 구하지 말라. 본성을 밝게 하면 발을 떼지 않고도 만방을 편력할 수 있고, 문밖에 나서지 않고도 자식을 널리 얻을 수 있느니라.

깨달음을 먼저 얻은 자는 깨닫지 못한 자를 깨우쳐주어 다같이 도에 들어 불조(佛祖)의 은혜를 갚아야 하느니라. 만방을 편력하여 모든 중생이 불법을 깨치게 하여 부처님 법이 세상에 길이길이 전해지게 해야 할 것이니라.

선상(禪床) 뒤엎는다 형벌 주지 말고

불법 닦게 자손들을 깨우치라
자비로운 보살 속세에 헌신하여
왕궁의 내원에 태어나셨네
아명은 묘선이요
열아홉에 수행하니
인욕을 지니고 도심을 굳혀
부모의 은혜에 보답하였네
불자들에게 본을 보여주었거늘
도 닦아 잘못될 리 없다네
부모가 마에 얽매여 사니
불법으로 구해 세상에 이름 높네
빈궁한 날 며칠 가고
부귀한 날 얼마 가리요
하루 속히 수행하여
도 깨쳐 불심 찾으리
뉘라서 여자는 성불하지 못한다 하는가
수행 정진하면 똑같이 금선(金仙) 이루는 법
관음보살 이야기 끝마쳤으니
옛 거울(古鏡)이 또다시 빛 뿜어 천지를 비추리

주옥 같은 글로 그대들에게 권하노니 믿음을 가지고 불법을 깨
치라. 혹시 정과를 이루지는 못한다 하더라도 반드시 맑은 사람

은 되리라.

이 이야기는 희한한 것이 아니거늘 수많은 사람들이 이 책을 읽고 발심하였다.

여러 부처의 골수에는 보살의 근기가 자리잡고 삼장(三藏)과 관통하였으니 미묘하기 그지없다. 쐐기를 뽑아버리듯 업장을 씻어내고 깨달음을 이루어 진리의 자리로 돌아가라. 관음의 본행경은 대지 유정 중생들을 널리 제도하리라.

이에 관세음보살이 나투는 곳마다 중생들이 불도를 깨달아 선남자 선여인들은 관세음보살의 제자가 될 것을 다짐하였다. 시방 제불과 삼계천신이 모두 기뻐하였다. 공덕이 작지 않으므로 지옥과는 영원히 등지고 천상에 태어나 성불할 때까지 인과에 매이지 않았다.

나무 관세음보살의 뜻을 따지면 '나무'란 인간의 모든 욕정을 끊어버리고 자성으로 돌아간다는 말이다. 그리고 '관'은 관조란 뜻이고, '세'는 세간이란 뜻이고, '음'은 선악의 소리란 뜻이다. 또한 송태자(宋太子)의 주해에 의하면 '보살'의 '보'란 비춘다는 뜻이고, '살'이란 자기의 영감을 관세음보살에게 돌린다는 뜻이다. 만일 관세음보살을 잘못 외우면 악질이 몸에 붙어 구제받을 수 없게 된다.

하늘과 땅의 남녀가 다 믿고 받아들여 원만한 깨달음을 이루기 바라노라.